# スイートデイズ

## 彼女がくれた贈り物

安　平造

随想舎

スイート デイズ　彼女がくれた贈り物

目　次

# スイート　デイズ

## 彼女がくれた贈り物

# 第一章　結婚相談所

邂逅は偶然に授かり、偶然により絆は深まる。偶然は、天からの贈り物。その贈り物をどう受けるか、人それぞれの感性でしょうか。どう思いいるのか、それは人の為せるわざ……。

某国の平成という年号のある年、折しも韓流ブームで、殿様キングスばりの韓国男性五人組コミックバンドが歌う、昭和という時代のあるカバー曲がヒットしていた。

♪　そらトンカツ　みどりニンニク　かコンカツ　まれテンプラ　かろやかに　おど
　ルンバ　白亜の　白亜の　ホワイトパレス

「ホワイトパレス愛の真実」という歌で、歌詞はコミックソングだが、それとは裏腹に情感豊かにムードコーラスばりに歌っていた。

その年の初夏、ここはとある地方の小都市である。往古の地名で言うならば、下野の国の足利郡といったところである。北部に起伏に富んだ波打つ山並みがどこまでもどこまでも遙か雪国まで連なり、緑豊かな山容は脈々とし、遠方に向かえば向かうほど空の色に近づく。南部は豁然たる関東平野が広がってゆき遙か彼方に東京湾が位置する。東京湾といっても百キロ以上離れていて、海には縁遠い土地である。この地は関東平野を北へ辿ると最初に樹木立つ山岳地帯に移行する辺りである。

街を二分するように中央に広い河川敷の川が東西に横切る。河北が旧市街地で、河南が新市街地である。旧市街地は落ち着いた雰囲気といおうか閑散としている。大型店の郊外進出でシャッター街化している、よく地方に見られる傾向である。うなぎの寝床と称されるような本通り沿いに東西に細長く延びた商店街は、シャッター街と化した区間がところどころに存在する。単なる通過地点としてのクルマの往来だけは多い。店舗は連なっていても、行き交う人影は田舎の畦道のようにまばらで人々の熱気は見られない。熱気を感じるとすれば、日曜日ごとに開かれるあるスーパーの十パーセント割引の朝市である。このタイムサービスの時間帯だけは、日頃この人たちはどこに潜んでいるのかとびっくりするくらいに、各売り場は人集りで賑わい、1・2・3・4・5・6・7・8の各レジはフル活動し長い列ができている。

旧市街地の中央には、地元の人たちが学校様と呼ぶ日本最古で奈良時代から始まり儒学、医学、兵学などを教えた総合大学の史跡がある。そのすぐ北側には大日様との愛称で市民の憩いの場となっていて元々鎌倉時代には武家屋敷であった、堀と土塁に囲まれた寺院がでんと構えている。学校様には開学していた往時は最盛期で全国から三千人に及ぶ学びの徒が集まったというから、かつては古都としての賑わいがあったのだろう。今は、三方を都市部に囲まれ、通勤にほどよい距離のベッドタウンといったところである。

彼、鈴木義典は四十五歳、県の出先機関である保健福祉事務所で医療行政や統計を担当している。兄弟はなく未婚で父親と二人暮らし。女手がないぶん、家事などやることが増えるが、生活自体シンプルで男所帯は気が楽なのだ。

彼は食事はいつもどうしているのとよく聞かれる。昼食は外食になるが、夕食については、焼いたり煮たり、漬けたりと簡単な手料理やスーパーの調理品を食卓に載せている程度である。好き嫌いなく食べなさいとは、母がよく言っていたことであり、裸一貫生きてきた身でもあり、健康のために食べ物は偏らないように心掛けているのである。料理は凝ったものではないが、父が料理しているおやじの味である。レパートリーは多くないが、味付けはおふくろの味とあまり変わらない。彼の家は薄味で、特に辛いのは苦手だ。父は台所仕事を好んでやっているようだ。それは戦前の大家族で育っているので、子どもの頃お手伝いで台所仕事の素養が培われていたのかもしれない。料理の大部分は母から教えてもらったのであろうが。教えてもらったというより、自営業の父は家で共働きだったので仕事の傍ら余裕のある時は手伝っていたのかもしれない。父が台所を手伝っていたところを見てはいないが、どうもそう思う。彼は何気にその父のレパートリーから教えてもらっている。

家事は分担してやっている。といっても父親は年金暮らしでこれといって趣味があるわけでもなく、楽しみといえば老人会くらいなので、退屈しのぎにもなるかと思い食事の支度だけはほとんど任せている。彼も料理はたまにするが、湯豆腐、ゆで卵、納豆をといたりと、簡単に茹でたり、グリルで焼いたりの手料理で調理器具の後かたづけも含めて三十分程度で済ませられるものくらいである。湯豆腐のあっさり味をよく舌で味わうのである。父親はりんごの皮むきなど包丁を器用に使えるが、彼はどうもそれが苦手だ。彼の三十分程度の料理でもやるとなると結構忍耐がいるが、どうやったら食べやすいか、味付けはどうかなどは気配りをするまでの料理ではない。しかし料理はちゃんとやれば、ささやかであっても家族への愛情の表れだろうと思っている。

食育とよく言うが、食べるだけでなく、台所仕事もやると忍耐力は育つし、いかに効率よくやろうかと工夫はするし、家族への愛情も育まれていい修行になると思うこともある。そうもっともげなことを言ったところで、たまにたかだか三十分ほど台所に立っているだけでは洒落臭いにすぎない。

彼はこの歳まで独身であるが、結婚願望がないと言ったら嘘になる。父親は息子の結婚については何も語っていない。結婚について心配しているのかいないのかさっぱりわからない。黙して語らずなのか。反動でまぁ、少しは言ってくれてもいいものなのにと思ってしまうこともあるのだ。結婚するとしたら八十歳を超す老境にある父のことを思うと、一人残しての新婚生活は考えられず、同居を希望している。

また、職場は保健福祉関係で、保健師、栄養士、薬剤師など女性は本当に嫌というほどいる。異動してくる前の職場と正反対である。しかし、既婚者が多かったり、独身者は歳が離れ過ぎていたりする。彼にちょうど見合う年頃で独身女性はいないことはないが、七十人はいる職場だと、仕事の絡みがないと近づきにくい。

あれは三十代に入った頃だった。友人から嫁さんの友達だという、適齢期を少しばかり過ぎた女性を紹介された。会計事務所に事務員として勤務しているが、箱入り娘同然で男を知らないからと予備知識を与えられた。会話がかみ合わないことがしばしばあったが、無垢な気持ちを残す淑やかな娘だった。無垢な気持ちに惹かれ結婚を考え真摯に付き合ったが、親や世間体諸々を気にし過ぎる娘で、押し切って結婚にまでもっていけなかった。いつの間にか交際は尻すぼみになっていた。

結婚相談所から勧誘の電話は時々かかってくるが、皆その場で断っていた。結婚願望はあるけれどもそれも微妙なところ。でも、年齢を考えると一度結婚相談所へ行ってみてもいいといくらかその気にはなっている。そういう気持ちになっている時に前向きに行動した方がいいのかもしれない。そう思い、一応職業別電話帳で調べてみると、市内にいくつか結婚相談所があった。ものは試しに一つ市内中心部にあるところを選び電話してみると、一度来てみてくださいと誘導された。

面接の日時と場所を告げられたので、さっそく行ってみた。そこは、テナントの入ったビルの二階の一室にあった。相談所は、スペースは和室に換算すると二十畳程度はあり、奥の方に応接セットと事務用のデスクが置いてある。子育てが終わったような年輩の女性が一人で対応している様子である。会費や紹介のシステムの説明があり女性登録会員の写真付きの登録票を見せてくれた。いきなり分厚い登録者の一覧を見せられぐっと来ていると、相談員はぱらぱらとめくってゆき、とびきりの美人会員というところを、これ見よがしに開いた。モデルのブロマイド写真を見ているようで思わず身を乗りだし見入り、気持ちは高ぶったがやがて冷静になった。相談員はほくそ笑みながらあれやこれやと説明している。見合い相手は、モデルのような美人より身近にいるような日本的な美人の方がいいと彼は胸の内で呟いた。これは決して強がりでもなんでもない。美人と高峰は遠巻きに観賞するに限ると思うのである。料金システムの話になって入会金や紹介料を聞くとちょっと高い。三十万円が入会金で成婚になればお祝い金が出るという。即答せずに一応書類だけはもらって帰った。

次に、もう一カ所電話をかけてみた。郊外にあり場所がわかりにくいところだというので、相談所近くのスーパーで待ち合わせることになった。電話ボックスの傍で、夕方なので目印にスモールランプを点灯させておくことにした。彼は、約束の時間より五分ほど早く着いて、クルマの外で立って待っていた。初対面となればこれから世話になる方が、どんな人なのか気にかかるところである。年齢はいくつぐらいで、面倒見のいい人だろうか、それともあくまで仕事としてビジネスライクなのだろうか。紹介されてどう進展していくかは本人同士の問題であるが、場合によっては仲をとりもつ人も重要になってくるだろう。しばらくして、白のセダンが横につけた。熟年の男性が降りてきた。まだ見知らぬ者同士だったが、互いに軽く会釈を交わすと、彼は名前を呼ばれた。

「はい、そうです」

「私が、中山です。よろしくお願いします」

「こちらこそ、よろしくお願いします」彼は深々と頭を下げた。

「それでは、私の後をついてきてください」

「はい」

挨拶も早々に相談所へと向かった。クルマは商店街の道路から山間部へと進路を変えた。緩い坂道で、どんどん山奥へと向かっていく一本道である。途中道沿いに民家や小さな工場や医院、郵便局などがぽつりぽつりとある程度である。川沿いに道路が走っているが、このまま行くとダムまで行き着くはずである。街の喧噪を離れたのどかなところであるが、ひどく時間がかかるようだと、入会しても足が遠のくばかりで、ほとんど利用しないということになりかねない。しばらくするとクルマは左へ折れた。信号がなくどこで曲がったかもわからない。薄暗くなっていたがこの道は街灯すらない。山間の道路は、道ならぬ恋の女性とお忍びで連れ添う、ひなびた温泉地にでも行ったような風景だ。彼は商店街を通り抜け五分程度だというのに心細くなり引き返したくもなったが、ここまで来たからにはとにかくついていくことだと観念した。しかし山中の道を運転する心細さもつかの間で、ほどなく自宅兼事務所に着きほっとした瞬間「はぁ」と息を漏らした。初めて通る間道は目印にするような建物はなくわかりづらく、結婚相談所の看板も掲げていなかった。家の北側に山が連なり道をはさんで南に山間部を切り開いた農地が広がる。旧家の家づくりの古びた冠木門で時代劇に出てくるような趣があり、屋根は今時ほとんど見られなくなった藁葺きの家だった。中山間部のせいか違和感がない屋根だった。かつてはこの地区の農家の庄屋的な家だったのだろうか。それにしてもなんと辺鄙なところか。しかし、考えようによっては、ここなら人目も気にせず入ってゆけるので大いに気に入ってしまった。客間に通され、前のところと同様、料金やシステムの説明を受けた。

「入会時に三万円、月会費が五千円かかります。成婚が決まった時は三十万円納めていただくことになります。会費を納めに来た時にでも、ここに会員名簿がありますから、気に入った方好きなだけ選んでください」

こちらの方が入会金はかなり安い。成婚すればそれ相当の金額を支払うことになる。彼としても結婚が成立してからでないと高いお金は払えない。当初は三万円でいいならば無理がない、婚活に食指が動く金額だった。

相談員は会社を定年退職された方でやや細身で風格が漂うが、話し方が超スローで聞いていると思わず頭がこくんとなり眠気を催してしまいそうである。いつだったかテレビの報道番組でゲストコメンテーターをしていた戦場カメラマンと、張り合っているような話のピッチの遅さである。中山間部での生活が悠然とさせているのか、都会人離れの純然たる田舎人のなりである。しかし事務的ではなく相談もしやすいと気持ちは傾いた。

「結婚相談所はご利用になったことはありますか」

「今付き合っている彼女はいますか」

「いえ、ないです」

いたら来ないと思った。いてもいるとは言わないでしょうと逆に尋ねたかった。念のために聞くことになっているのかもしれない。後でトラブルにでもなったら相談所の責任にもなりかねないし厄介なことになる。

「いえ、いません」

「よろしければ書類をお渡ししますが」

「はい、じゃお願いします」

「規約書ですね。これが契約書。あとプロフィール書いてもらいたいので、これにお願いします。写真を載せますから胸より上の写真を撮ってきてください。ここでも写真は撮れますので、よければ」

どうせなら写真はプロの写真店で撮ってもらいたかった。

「写真は撮ってきますので、また来週にでも来ます」

「来週の日曜日十時でいかがですか」

「はい、大丈夫です」

優しい人がいいとは常々思っている。将来親の面倒も見てもらいたいし、再婚で子どもは一人や二人くらいなら生活費はなんとかなりそうだ。年は同年代でも年上でもよかった。見合いの席はかしこまりぎこちなく苦手だが、始まったからには、まずは希望に沿った線で活動していこうと帰路クルマを運転しながら気合いを入れた。

数多の会員の中からまずプロフィールを見て判断することになるのだから、プロフィールがかなり重要なポイントになると思い計った。相当な金額をつぎ込むことになるので、真剣に記入用紙に書き込んでいった。項目は年齢、学歴、職業、年収、血液型、資産、家族、同居の有無、趣味、自己PRであった。年収といっても源泉徴収票は手元にないし、手取りから大まかに計算するしかない。この辺の勤め人ではたかが知れているし、その辺は適当に書いておいた。資産などととんでもない項目があるが、具体的に書く必要はないとのことで、資産などは人に言うほどないので見栄を張らず「少々」とだけ書いた。ごく普通に見てくれればいいとの思惑で書いた。父との同居は絶対に譲れなかった。それから「結婚生活は堅実に質素倹約がいい」と、親世代が言うようなことで今の時代に受けないことを熟慮し承知の上で書いた。

写真は証明写真の看板の出ている店が、大通りにあったのでそこで撮った。駐車場が見当たらずクルマを向かいの料理屋の駐車場に止め、持ってきた一張羅のスーツの上着に袖を通した。写真店の中に入ると三十代のポロシャツ姿のスラリとノッポな店主が、奥から狭い通路をのらりくらりと出てきて、カウンターのショーケースを挟んで立った。暇を持て余しているところに、やっと客が来たかというようにまぶたが半分閉じている。

「いらっしゃいませ」

「写真撮ってもらいたいんですけど」

「はい、証明写真でしょうか」

胸から上の写真だったので証明用の写真としてサイズを告げた。

「はい、わかりました。椅子を置きますから。こちらに掛けてください」

声を掛けるのは丁寧にしてはいるものの、まだエンジンがかかってないとみえて気だるそうだ。

「背中がそのスクリーン側になります。横向きに座らないようにしてください。そしたらカメラを調整しますから」

カウンターの横に照明と白い布の背景が設営されている。「横向きに座らないように」

と言うのは、壁に掛けてある鏡の方を向いて座らないようにという意味なのか。彼はその鏡を見ながらほっぺたを目一杯持ち上げてみた。それを見て、

「何かおかしいですか」と店主は笑いを堪えながら言う。

鏡を見て作った顔を崩さないようにしながら、証明写真用の丸椅子に背筋をピンと伸ばして掛けた。口角を上げてレンズを見続けた。証明写真は真面目顔ではどうも写りがよくないのだ。

「顔をもう少し左に傾けてください。そう。それで真っ直ぐです。カメラを見ていてください。右肩を上げてください」

やっと来た客のポーズにいろいろ注文をつける店主である。ようやくエンジンもかかりだしたようだ。

「撮ります。はい、結構です。もう一枚撮りますね」

続けてシャッター音がした。彼は相変わらず鏡を見て作った顔の形を崩さず不動のままである。

「はい、これで終わりです」

彼は軽く吐息をつくと同時に顔を崩した。

「どうもありがとうございました」

一礼をして立ち上がった。

「すぐできますから、お待ちいただけるとかなりありがたいのですが」

ばかにお客を大事にする物言いである。写真は二枚一組で渡され、焼き増しする時は一枚からできるという。

出来上がった写真を見ると、なにかよく撮れ過ぎのような感じがした。やはりプロが撮ると違う。パスポートの写真の時もよく撮れ過ぎだと職場のみんなに笑われたことを思い出し、贅沢な笑みを浮かべた。少なくとも見合い写真だから疲れたような顔をしているよりいいことは確かだ。


一週後の日曜日、写真や自己紹介を書き込んだ個人票など必要書類を携え再び結婚相談所を往訪した。早速登録するということで、見合い希望者を今選んでいってくださいという。全国ネットになっていて登録者綴りは何冊かあるようだが、最新のものを出してくれた。女性写真のオンパレードである。これだけ豊富な中から選ぶのは至難の業である、と同時に大船に乗ったような気になった。

目移りしていけない。ファミレスでメニューを選ぶより時間がかかる。気を利かせた相談所の人が、

「すぐ選べないようだったら、お貸ししますから、持ち帰ってもいいですよ」

相変わらず、牛歩のようにゆっくりと重く歩み寄るような声が届く。彼は声が届くのを待ちかねたように長い呻り声交じりに言った。

「そうですか。うーん、でもここで選んでいきます。持ち帰ってもねぇ……」

家でうきうきしながら決めるのもいいと思ったが、この遠隔地へいつ返しに来られるかわからないのでそれは遠慮した。

顔でないことはわかっていても、どうも顔に意識が行ってしまう。資格を持っている女性も格好いいと思う。格好いい悪いで選ぶべきでないと思うが、惹かれるものがある。遠距離はご免被りたい。時間をかけてまでも見合いをしに行きたいとは思わない。ページは押し黙ったまままめくられていく。時間だけが過ぎていく。

「結婚というのは子孫を残すことでもあるのですよ。子はかすがいとも言いますしね。結婚で恋愛感情から現実の生活へと移行するとね、女は愛情が、男はしっかりとした価値観を持つべきだと思いますね。余計なことですけど」

急にそう言われてもぴんとこなかった。おそらく身の上相談のようなこともこなしているのだ。彼は人生のパートナーとして互いに補い合えればいいと考えていた。

「五、六人選んでいっていいですよ」

五、六人といっても、一度に何人も付き合うほど器用でない。ぜひとも見合いを成立させてくださいという願いでどうにか三人選んだ。

「見合いが成立したら連絡します」

「はい、お願いします」

選び終わったので一言歯切れよく応答した。やっと一仕事終えた感じだった。

正式に入会手続きを済ませたので、名簿には来月分から掲載されるという。希望した相手方からの返事はその後ということになる。

一ヵ月後月会費を納めに相談所を訪れた。

「こんにちは。庭がよく手入れされていますよね」

相当手間暇かけていることがうかがえるような、通路以外は庭一面が手入れされた花木でおおわれているのだった。

「趣味なんでね。結構力仕事なんですよ。どうぞ上がってください」

応接間に通され、麦茶が差し出された。

「暑い日が続きますね。申し込んだ方なんですけど断られてしまいまして。残念ですけど。返事のない人もいるんですよね」

返事くらいもらってくださいよと言いたかった。登録して間もないので、これから返事が来るのかもしれないが、それを待ってもいられない。会費を納めた後、今月分の活動として登録者綴りを、最新の登録者から一ページ一ページ隈なく見ていった。年齢、居住地、家族……。

「登録したばかりの女性は申し込みが殺到するんですよね」

「そうなんですか」

それを聞いて登録の古い方へとページをどんどん遡っていった。

「この人六十三歳ですよ。ずいぶん若作りですね。今の写真じゃないでしょう」

「うーん、この人はそうですね」

三十代か四十代としか見えない写真を掲載するとは、女心なのだろうか。

「歳相応でいいんですよね。年上でもいいですけど。六十三じゃあね」

写真を掲載してない女性もいる。人目につくことに抵抗があるのかもしれない。彼も写真で顔を出したくなかったからそう思う。

この日は近県で未婚者と子のいない離婚者を全部で五人ばかり選んで帰った。

結婚相談所に登録したとはいえ、見合いにこぎつけることさえ容易ではない。会員として活動を始めてまだ短いが、結婚願望が尻すぼみになりそうなこの二カ月は「こんなものなのか」と、思うほどのことではない現実があった。その上で、投げたボールが返って来ないことに「どういうことなのか」と納得がいかないのであった。

その辺のことを疑問に思って、よって来る理由を考えてみると、女性側は一度に何人も申し込みがあっても同時に付き合うことはできず、一度も会わずに断っても当然なのかと理解できる。それで、ひょっとしていい出会いを逃しているかもしれない。会員数が多いのも困りものという一面がある。そうだとすると、見合い話がやって来る気がしない。何がどうであれ一度は会ってみたい。会うくらいは会ってもいいではないかと愚痴が出るばかりであった。相談員にどんなことでもいいからもっとしつこく推してもらわないと埒があかない。

「もしどうしても見つからなければ個人的に紹介しますよ。懇意にしている人から個人的に娘さんのことで頼まれているものですから。親御さんは市役所勤めのいい人ですよ」

裏技があったのかと色めき立ったが、だからといってこれもお墨付きとはいかないだろう。

「ありがたい話です。もう少し、今のまま活動してみます」

まだあせることはない状況なのであり、いつか、御対面となる日への幾ばくかの憧憬や期待は、捨ててはいないのであった。

それにしてもお膳立ては済んだ。後は目の前の料理に手を付けるだけのはずだった。ところが、それは一人合点であり、まだメニューを見ているだけのことであった。

親と同居というだけではじかれてしまうのか。父親のことは譲れないにしても、結婚生活は質素倹約がいいというのは芳しいコメントじゃなかったかと考え直してみたものの、それは彼の信条でもあり譲れない。

つい、一、二年前のことである。仕事に対する得も言われぬ倦怠感や空虚感に苛まれていた。なにか物足りない。渇いた心が満ち足りない。ぽっかり空いた穴を見ているような空虚感。出先機関の総務課で歳出業務に携わっていた時に歳出伝票の処理など単純大量反復業務に嫌気がさしていた。大きな組織の中では、がんばっても認められない、言ってもわかってもらえないことが多いし。やりたいことがあっても組織の存在の大きさに跳ね返される。職場と中年の倦怠に苛まれていた。遊び、趣味、仕事と一通りやってきて目標を失った空虚感で鬱々とした日々を送っていた。思えば彼は一人っ子で大事に育てられたのは言うまでもないが、親の勧めで子どもの頃から近所の先生のもと、書道や絵といった習い事にもよく通っていた。取り上げて言うほど達者ではないが、いつも目標があった。社会人になってからも何かに目標をおいていた。いろいろ手をつけても徒労にすぎなかったことがいくつもあったが、とにかく何かに向かって歩んできた。今は目標が見いだせないのだ。その上人望のある同僚が褒められたり、他人の恋愛話を聞いたりすると、周りがみんな楽しい人生を送っていることへの妬ましい気持ちや自分の無力さに気持ちが落ち込んだのだった。それは、拠り所のない家出少年のようなわびしさでもあり、心のよどみは出口を失っていた。

持て余した空虚な日々。安閑としていていいのだろうかという疑問。こんな気持ちからなんとか脱却したく、先人の生き方にすがろうと図書館で本の背を追った。そうしているうち、なんとなく手にして読み始めたのが良寛さんの本だった。

良寛さんは、江戸後期の禅僧・歌人である。のんびり生きよと教えてくれる。天然自然の理に従ってあるがままにのんびり生きよと。地位や名誉などなんの役にも立たない。大切なのは誠意である。身を挺し、全て身を謙譲に処して生きている。純真・無欲の人柄なのである。半年を大雪に埋もれて住む越後山中の五合庵で行乞によって得たわずかな米塩によって生きた。生涯を托鉢僧としておくり、自然や子どもを友とし歌や詩に託した。今の世でも足るを知ることが言い伝えられている。

彼は物に執着して心の重要性を蔑ろにしていることを改めるべきだとつくづく思った。良寛さんが僧に非ず、俗に非ず、一人の真の人間として生きていることにいたく共感をしたのだった。今その生き方を貫こうとしている。上を見たらきりがない。身のほどを知れだ。やりたいことは一通りやってきたじゃないか。欲や見栄でがんじがらめになりそうな自分と自問自答しながらわき目もふらず読んだ。これは、自分とは一体なんなのかという根本的な問いかけでもあった。これからは寡欲人を目指してもいいと思ったほどの内容の本だ。それが自分に合っていると心底思えたのだった。さながらにして共感できたのは、父との二人だけの生活で、老人の物持ちがよく、今あるもので生活を満たしている質素な生活ぶりに慣れていたことも手伝っている。
しかし年寄り中心の生活は無駄遣いせず金がかからないが単調である。仕事でも家でも単調でほとほと退屈しきっていたところでもあった。欲望やら何やらエネルギーを持て余している。だからこそ、慎ましくも一生勉強のつもりで、自分づくりの旅をしたいと思い立ったのだった。

その後彼にはもう一つの出会いがあった。彼はかねてから、知人から聞いて一度参加してみたいと興味を持っていた、ある寺院で月一回開いている寺子屋に行ってみた。これは、彼が小学校六年生の時に半年ばかり教えてもらった先生であり、お寺の住職でもあった恩師が主催しているものである。先生はいわゆる名物先生といっていいのだろう。五十メートル走で速い男子にはパンツ一枚で走ればもっといいタイムが出せると言って走らせたりしている。これが女の子だったり遅い子に対してやったら問題であるが、もちろんそこまではやっていない。校長先生が生徒の授業中一人で校内の草刈りをしていた話など大人たちのちょっといい話を時々してくれたことが印象にある。信念のある毅然とした教育をしていた。

お寺の周囲は田畑でのどかなところであった。寺子屋では、受付で名簿に名前を書き、幾列かに並ぶ横長の座卓の一番前の席に着き話を聞いていた。お年寄りで膝に痛みを抱えている人には椅子が用意されている。かなりのお年を召されている恩師も椅子に掛け、ずんぐり体型に袈裟を纏っての法話だ。

初めに姿勢を正し座禅の時間があった。姿勢についてなんとも言われないので、難しく考えず知人に倣い正座し両手を膝の上で重ね目を閉じた。驚くほど静寂な時が流れる。何も考えず心を無にする時間の中で、透明な吐息と田園を吹き抜けた微風だけがそよそよと耳に届く。そう他人には言いたいが、薄目を開けて横目で隣の様子をうかがったり、涼しくなっていたのでもう一枚着てくればよかったなどと雑念は拭えない。やがて「チン」と御リンの音が鳴り、横目で隣を見ると座禅が終了したのがわかった。それから般若心経を唱和してから法話が始まった。

恩師は法話をよく通る声で矍鑠《かくしゃく》として語った。恩師はかなり高齢になると思われるが、当時とほとんど変わってない元気な様子だった。教え方は、元小学校の先生らしく板書した字を指さして声を出して読ませることをしていた。例えば「聞、思、修」と書き、一字一字指さし全員で声を出し読んだ。声が小さいともう一度繰り返した。そして字の意味を講釈した。板書を使った教え方が小学生の頃と同じで、童心に戻った感じが懐かしかった。

帰り際に気恥ずかしかったが、恩師の教え子であることを告げると、「おうそうか、何事も一生懸命やることですよ。また来てください」と励ましを頂いた。三十年も前のことであり、数えきれないほどの生徒を教えてきている中で、たぶん覚えてはいないと思い、彼は「ありがとうございます」とだけ返した。

高齢になった現在も、昔と変わらぬ恩師の毅然とした様子そのものに人生を教えてもらった気がした。そんな恩師の言葉一つ一つが現状への不満よりまず前に踏み出すことの勇気を与えてくれた。何かが腑に落ちる感覚を覚えたのだった。

恩師は『にんげんだもの』の著者相田みつをさんとは、共に仏道を学んだ道友であり、夜間の大学で学んだ学友であるという。市内中心部に小高い織姫山があり、中腹には山の緑に朱塗りの社殿が映える織姫神社がある。ここは大正、昭和初期にかけてこの地域が全国でも屈指の織物の産地だった頃、機織りに携わっていた女子たちが、結婚、家庭、自立など色とりどりの乙女の祈りを捧げたであろう神社である。その山の辺の道路から山裾へ一段高くなった狭隘な土地に日赤病院があり、そこから坂を下ると大きなけやきが一本こんもりと茂ったお寺がある。

このお寺のご住職は、福井県の永平寺の出で、禅師になれるほど修行を積んだが、高僧にはならずこの街の中で難解といわれる道元禅師の正法眼蔵を語りかけ訴えかけた。相田みつをさんは、そのご住職の説法を三十数年間にわたり毎週毎週一日たりとも休むことなく聞き続けたという。そして、難解な正法眼蔵を飾らない俗っぽい言葉でわかりやすく書として認めた。それを一冊の本にまとめている。にんげんだもの、ころんだっていいんだがな。つまずく方が自然なんだがな。こうして自己受容し、飾らない自分をさらけ出す。そうすると自己肯定できる。自分が許せるから他人が許せる。即ち他者に期待過剰にならない。相田みつをさんの話をしながら恩師はそう諭した。

他者に一方的な期待をかけ、裏切られた時に煽られるうっとうしい感情は苦痛なだけである。これからはお喋りばかりしていて仕事を押しつけてくる同僚も、細かいことを言う上司も許せるようになるのかもしれない。そのためには、仏法を生活の中でいかに実践するかにかかわっている。肝に銘じた。

彼の父は八十二歳になる。まだまだ自立して生活できる。贅沢はせず粗衣粗食なのがいいのだろうか。偏った食事でもないし、生活習慣病には縁遠いような食事である。母親代わりだと言って、買い物と食事の支度はまめにほとんど引き受けている。彼はそれが無趣味である父の生き甲斐で、ボケ防止になると信じ甘えているのだった。手の込んだ料理でなくシンプルであるが、肉、魚は適当にバランスよく出す。大根を浅漬けしたり、キャベツを千切りしたり、野菜や果物も欠かさない。時々彼の家にとって珍しい煮物などが食卓に並ぶことがあるが、隣のおばちゃんや職場の同僚からもらったものである。毎日トースターで焼いた焼きニンニクを出してくれるのがにくい。彼は子どもの頃風邪をひきやすい体質で、夜中でも熱発で父の自転車で病院に連れていかれた記憶がある。今でも言葉には出さないが気を遣ってくれているのである。毎日の食事にも割と気を遣っている父親である。母親からの養育の恩はもちろんであるが、二人暮らしになって父親にも養育の恩を受けているのをこの歳だからこそ感ずるものがあるのだった。

夕方になると父は台所でラジオを聞きながら黙々と夕食の準備をしている。時々鼻歌で昭和三十年代の歌謡曲を口ずさんでいる。この夜はご飯の残りを見たら二人分は残ってなかったので急遽炊飯を始めた。

炊けるまでの時間彼は晩酌代わりにソフトドリンクをちびりちびりと飲み、ピーナッツをぼりぼりと食べながら人気作家の本を食い入るように読んでいた。酒でないのはアルコールに弱いからでなく、健康のためでもなく訳あって彼の家では酒はタブーなのである。その訳はすぐには言及しないが、いずれはわかってくる話である。

本は脆弱な物質崇拝を戒め人間性回帰を謳った内容である。良寛さんの本に出会った時、悟りを開きたいと大それたことを思ったが、そうは簡単に開けるものではなかった。心はころころと変わる。かような教えに心底呻らされたものの、にわか作りではそう簡単に変われるものではない。

このところ、休日ときたら本ばかり読んでいるのである。無我夢中で読むのは新聞も同じである。それらしき自分作りの糧になるような記事を見つけては切り抜くのが日課になった。それを後で読み返すわけでもないが、積み重ねることが修行だと信じているのである。カネや名誉などとすぐ言い出す輩がいるが、そんなレールには乗りたくない。欲望に飲み込まれないシンプルな世界を大事にしたいのだ。時好に投じることなくなんとか一途に、一生この勉強を続けようと悟っているのだった。周囲の人と違う人生を歩もうとしているのかもしれないという思いもしばしばあるが、同じ価値観を持つ人に共感を得ることもままあり、それが心強い。

遠い遠い道のりを歩きだした。毎日不易流行を追い求めてみる。この頃はやっと変わろうとする自分に少しずつ慣れてきた。ごく自然になる。風雅である。

ワゴンでカタカタと台所から板の間までおかずや食器を運んでくる音がした。食事は板の間でしていた。

「今日はニラのたまごとじだ」

彼は食卓に置かれたいつものようにてんこ盛りのおかずを見て、特段意味もなく言った。

「うまいよ」

父はせっかく作ったのだから、どんどん食べよといわんばかりに口癖のように言う。

「父上。ありがたいね」

「手伝う」と言っても「いいよ」とだいたい一人でやっている父の後ろ姿に、口先だけでなく本当にありがたく思うのだ。彼は親子二人だけの時父上と呼んでいた。殊更躾られたわけではなく、最近戦前を舞台としたテレビドラマの台詞を聞いて、単に昔の言い回しを真似して軽い気持ちで使っただけだった。単調になりがちな会話に変化をつけたかった。ふざけた体で言うのでなく、敬愛の念も少し込め聞き苦しくはないだろうと使い続けている。親子水入らずの生活ならばこその他人を気にせず言えることである。歳端のゆかぬ頃は親のことを疎ましいと思ったこともあったが、男二人だけの生活になって十年ほどにもなると、気が置けない間柄になっていた。なんとかしなければとの思いで力を合わせてやっていくうちに食事の支度だけでも厭わずやってくれる父の存在が愛おしく思える。変われば変わるものである。

「ゴマ胡椒かけるよ。好きなんだよなぁ」

かけ過ぎてくしゃみが出ないように瓶を一振りしたが、鼻がむずむずしてきた。堪えるのももどかしい。

「はくしょん」瓶の振りが大き過ぎたのだ。

今度は鼻をつまんで何回か適量振りかけた。くしゃみは一回で治まり、テレビのリモコンを取り何を見るとはなしにテレビを点けた。それから、脇に置いてあった新聞のテレビ欄の番組名に目を通した。テレビを見ながら話題を見つけるためにだ。

「父上テレビ何見る。水戸黄門は」

「違うのがいいな」

「本は時代劇ものを読んでるのにテレビじゃ見ないんだ」

「サッカーやっているけど、サッカーじゃなぁ……」

父は日中退屈しているだろうし、訳あって酒好きの父を禁酒にしているので、せめてテレビは父優先にして、適当に興じられればいいのである。

「世界紀行がある」

「それがいいな、海外旅行いかなくても景色が見られるのがいいんだよ」

画面にはナレーションと共に南洋の風景が流れている。入り江の海面が真っ青。マリンブルーである。

「海は広いね、大きいね」

「遠浅でのどかなところだね。どこなんだい」

「どこだかね。開放的だな。こういうのを風光明媚っていうのかい」

潮風に木々の葉が揺れる。

「この揺れって気持ちいいな」

カメラは洞窟へ入る。洞窟に差す光が幻想的だ。地球が生み出した光景に思わず目を見張る。

「岩場に入ってカメラ滑らないかい」

大概この程度に親との会話を大事にしている。うつらうつらと過ごしては老化が早まるばかりだ。当たり障りのないことを気ままに言い合っていればいい案配の頭の体操になるはずだ。息子とすると老人施設に入所させる考えは全くなく、くだらない話でも言葉を交わし合うことで、老いてもなお矍鑠としていることだろうと信じている。それもあり二人は、心おきなくたわいない会話ができる親友のような関係にいつの頃からかなっていた。彼にとって父は、他の誰よりも気持ちをさらけ出せる存在になっているのである。年寄りとの飾りのないやりとりが彼は好きだった。そして物静かな父であるが八十の坂も口で越えたのだと彼は思っている。

「父上は、器用だよな。りんごの皮包丁でむけるんだから。俺はむけないよ」

おだてながら彼はリンゴを食べていた。

「俺は、不器用だよ。あんちゃんは器用だがね」

「そんなことないよ」

息子のことを弟がいるわけでもないのに時々あんちゃんと呼ぶことがあるが、これは大正生まれの昔風な言い方なのかもしれない。

ニュース番組はあくまで事大主義で退屈な会話を好み、解説者は当たり障りのないことをもっともげに訴える。街頭インタビューは決まってありきたりな感想が流され、様々な庶民の口癖は聞こえない。父はお笑い番組は好きではない。野球も好きでないし、父の見たいテレビ探しには気をもむ。そんな時は夜の時間つぶしの一つの方法として、新聞のコラムを音読してもらうのであった。音読は頭を活性化させると聞いたので、声に出して読んでもらっているのだ。アナウンサーのように淀みなく読むことは到底できないが、一字一字丁寧に読むのだった。読み出すと無意識のうちに普段の喋り声とは少し声色を変えた。声がバリトン歌手風で、低音に響き思わず聞き惚れ癒されるのを感じた。たどたどしい朗読だが、食卓を前にいすにもたれていると段々と眠たくなってくるほど声が気持ちいいのだった。猿かに合戦、桃太郎、源平合戦、幼かりし日寝物語にこの声を聞いていたのだ。

# 第二章　出会い

結婚相談所に登録した当初は、見合いはことごとく不成立で嫌気も差していたが、しばらくすると、立て続けに二回ほど見合いの機会があった。一人は東京近郊に在住する女性だった。電車を乗り継ぐ遠距離でしかも都会に向かっていくのは彼には億劫だった。待ち合わせのビル入り口付近に着いたら、人待ち顔で一人たたずむ人がちらりと目についた。一度は前を通り過ぎたが、ひょっとしたらと思い踵を返し尋ねたら相手の女性だった。おとなしめの感じのいい人だったが、遠距離だったので結局一回会ったきりだった。

もう一人は、相手方の相談所で待ち合わせた。こちらはクルマで行ったがいささか遠かった。時間になってもなかなか見えないので、相談所の人が電話すると、「今日は大分遅れてしまう」という返事だった。相談所の人の話だと、きっと迷っているのだとのことだ。結局この日は会わずに帰った。結婚相談所に登録する者は、男も女も男女交際の苦手な者が多いに違いない。帰ってから彼の携帯が鳴った。通話ボタンを押し耳に当てると今日会うはずだった女性だった。彼は半日前にいた方角を向いた。そして、携帯からの声を聞いた。それは今日のことを詫びいる言葉をはっきりと健気に伝えるものだった。その電話の真意は、相手の女性が後で会いたいとのサインが含まれているようにもとれる。しかし、彼はお詫びの言葉を受けるだけに留まった。考えた末のことだ。男と女の間には、どちらかが合わせようとしなければ、こういうすれ違いはいつも存在する。

彼女とは、結婚相談所を通して出会った。入会してから三カ月ほど経っていた。その時は相談所の人に適当に選んで申し込んでおいてくださいと頼んでおいた。結婚相談所に登録したとはいえ、そう簡単に芳しい結果が得られるとは限らないとわかったので、しばらくの間は相談所に見合い相手選びを一任した矢先のことだった。見合いをしたいという申し込みが相手方からありましたよとの連絡が入ったのだ。相談所に登録しておいたので当然といえば当然だが、諦めかけていたところへの話なので降って湧いたようだった。

何はさておき喜び勇んで相談所へ向かった。なにせ、入会した当初、希望した相手は見合い成立前にほとんど断られ、やるせない思いで結婚相談所は頼るに能わぬとさえ考え始めた時期だったので、見合い話は干天の慈雨のように感じられた。

相談所で座卓を前に座ると、まず、相手の名前を告げられる。それだけで胸ときめいた。名前は斉藤菜穂美さん。写真やプロフィールを見ているだけでは、憧れてその人の一部を覗いているにすぎない。名前を知っただけで、窓が開かれ外の風景に出合い、相手へと続く道が見えたのだ。それから、プロフィールを見せてもらった。隣の県に住んでいて、歳は彼女が一つ下であった。子どもが二人いる。一人は、元夫が引き取っている。小学校六年生の子と二人暮らしだという。相談所の人は、「まだ子ども一人ならできる年齢だよ」と一押しである。そこまで考えるのは気が早いと思ったが、子どもがいることに関しては彼とすれば特に問題なく、相手次第でいいという意思が働いた。小六ならばもう手のかかる年齢ではない。まずは付き合ってみたいと乗り気であった。職業は学校の先生である。これでも彼は教育や子育てに少なからず関心がある。ところで、この彼女の写真、身体が傾きぎみでブレているようにも見える。どう見ても素人、例えば自分の息子に撮らせたような写真だ。でも、そんな写真写りなんてこの際関係ない。すぐに承諾をして、見合いの段取りをとってもらうことにした。

それから、間もなく十月八日体育の日に見合いをすることになった。時間は十時で待ち合わせ場所は彼女の方の結婚相談所。クルマで三十分ほどのところである。県は異なるが、彼の住む街とは隣接している。どんな初対面になるかといつも考えるが、近くの飲食店でコーヒーでも飲みながら初対面の時間を過ごすといった大ざっぱなことしか思いつかない。初めてなので一度とにかく行ってみないことには始まらない。

当日は所在地近辺の地図をもらっていたが場所がよくわからず、まごまごしているうちに約束時間間際になってしまった。相手方の結婚相談所の名は「アイ・ラブ・ユー・ベリー・マッチ結婚相談所」という。なんとも仰々しい名である。道に迷いクルマを止めたところで、携帯で場所の確認をすると、目的地のすぐ傍だった。普通の民家でその仰々しい名前の看板は掲げていなかった。さすがに名づけた本人が恥ずかしくて看板など出せないという心情は理解できる。それでやっと着いたのは時間ぎりぎりだった。

玄関に迎えに出てくれたのは、白いワイシャツにスラックスで初老だが顔つやのいい紳士風だった。がらがら声の笑顔で迎えてくれたが、相談所の名前とは大違いでちゃらちゃらしたところは見られなかった。いい意味で当て外れである。

彼女の方が先に着いていたらなんて謝り、言い訳しようかと考えた。言い訳も話題の一つになると思うが。しかし案ずることはなく、彼女はまだ来ていなかった。応接室に通され、相談所の人は「ちょっと遅くなるようです」と言いながら、「女性だから多少遅れても仕方ない」となだめるように言う。どんな出で立ちで来るのかと思いながら、スーツを着込んだ営業マンのようにふかふかのソファに腰を沈め初対面の時を待っていた。壁には夫婦円満の十の秘訣が書かれた色紙が貼ってある。時間は幾分過ぎているが相手の女性が来るのが遅れている。コーヒーをすすり、壁の色紙になるほどと感心しながらじっと待った。

もしかしてお流れなのか、ぬか喜びにすぎなかったのか。いや、待っていればいつか来るだろう。儀式の前の神妙な面持ちで、姿勢を正し予め考えていた趣味や仕事など話題とする事項を二つ、三つおさらいしていた。身近なことなら結婚相談所に登録した時の話。最近見たテレビの話。行きつけの近所のそば屋の話など。住宅街にひっそりとたたずむ昭和の食堂そのままのそば屋がある。そのそば屋、そばつゆがそばに付いて運ばれてくるのでなく、客の意表をつきテーブルに調味料類と並び一リットル入りのボトルに入って置いてある。どうぞごゆっくりと代弁するかのようにデンと置かれている。昼時は常連客で賑わう飾り気のない店を、小太りのおじちゃんとおばちゃんで切り盛りしているが、そこの手打ちそばは掛け値なくうまいし安い。

この間、言葉少なく相談所の人は「私がお二人を紹介しますから、後は二人で場所を替えて話をしてください」とだけ言ってくれた。互いに家庭的に条件に合わないかもしれないが、人と人が出会うことが大事ではないかと期待した。

彼女は、それから五、六分後に到着した。彼は居住まいを正していた。彼女は、小柄で楚々とした甘さが香り立つ淡いピンクのブラウス姿で、大変清楚で奥ゆかしく感じた。写真は離婚したばかりの肩を落としたような、決して目を引くような写真写りではなかった。でも対面してみると写真より全然よかったのだ。褒め言葉として「写真の方ってご本人ですか」と言いたくなるほどだった。有名人でいえば竹下景子似である。歳は三十代後半くらいに若く見える。一見して心はときめいた。

彼はすぐに立ち上がり対面となった。簡単に紹介を受け挨拶を交わすと、同伴者なしで早速二人だけで話をということだった。前置きはあっさりとしていた。立会人が入るのはここまでである。彼はこの近辺の適当な店はよくわからなかったので、彼女に先導してもらい互いにクルマでコーヒーショップへと向かった。

彼のクルマは自慢するほどではない千五百ccであるが、彼女の軽にここで引き離されては洒落にならない。そう思ったところで彼女のクルマがウインカーを出し、コーヒーショップの駐車場へとハンドルを切った。店は割と近くで彼女のクルマから迷子になることなく着いた。

店の入り口に立った時、レディファーストかなと考えたが、彼女がお先にどうぞという素振りだったので、先に入り彼女が後から入るまでドアを押さえたまま待った。結果的にレディファーストになったようだ。二人であることを店員に告げると、店員は自由な席でいいというので隅まで行ったところで席に掛けた。

服装はスーツを着てきたが、こういうところで女性とスーツ姿でいるといかにもお見合い然としていて面映ゆい。とにかくこれからが二人だけの時間だ。とはいっても初対面の相手、礼儀正しく、構えることなく話ができればいいが。見合いは今まで何度か経験があるが、勝手がよくわからなかった。よく見合いの時一回会っただけで断られることがあるが、一回でひととなりなどわかるものではない。せめて二、三回会わなければ味もそっけもない。そんな心情を伝えておきたいと考えていた。

とりあえずドリンクの注文である。コーヒーショップだけあってコーヒーのメニューは豊富だ。コーヒーといっても普段はブレンドとかアメリカンとかよくあるコーヒーをすするくらいだが、ずっとメニューを追っていくとグァテマラのコーヒーがあるのを見つけ注文した。これはコーヒー通だからでなく、同僚の保健師が青年海外協力隊でグァテマラに派遣されていることもあり、マヤ文明にも近いし、どんな味かと興味があったからだ。

改めて名を名乗り、「よろしくお願いします」と挨拶から切り出した。話は予め何を聞いて、何を話そうか考えておいた。初対面だから、音楽の趣味や家のこと仕事のことなど、プロフィールにあるようなことをとりあえず何でもいいから話そうと準備していた。そうはいうものの最初は、会話は上手く伝えられず途切れがちである。言葉がお見合いをしてしまい、そうかと思えば、二人の唇が同時に動きだし、そして譲り合う。どちらかがリードするわけでもなく、互いに言葉を寄せ合いたいという思いだけが同調している。初対面同士のよくある光景なのかもしれない。

彼女の職業は学校の先生であることは承知しているが、専門を聞くと、英語の教師で、今は養護学校勤務で全く英語は教えていないという。彼女の住まいに話が及ぶと、

「私の家は、ここから十分くらいのところなんです」

「そんなに近いんですか。ほとんど太田市に住んでいるのと同じですね」

「実家に近い借家なんですけど、すごく大きいの。どのくらいだと思います」

「わからない」

「部屋は三十部屋もあるの。ほとんど使ってないけど」

「豪邸じゃないの。そんなところに二人で。家賃もはんぱじゃないでしょうに」

「いいえ。戦前からあるがたがたの古い家だから、家賃は安いんです。でも、二人じゃ広過ぎますよね」

「二人だったらうちぐらいがちょうどいい。小さな部屋が五つあるだけですよ。掃除も楽だし。でも、それ自慢になりますね。掃除にお手伝い五人は雇わないと。大変ですよね」

「以前、太平洋電機の社長の邸宅だったんです」

「年代ものじゃない。そんなところに住んでいいんですか」

「かまわない。うふふ」

太平洋電気は、軍需工場から戦後民需工場へと上手く産業転換して、一流企業へと名を上げた会社だ。戦後復興は家電や自動車など新たな産業振興があればこそだった。太平洋電機は家電の白物と言われる洗濯機、冷蔵庫、炊飯器などの生活用品の生産販売で伸びていった。

こんな会話の展開があり彼女の生活に興味をそそられた。それにしても、どんな豪邸なのか。ベルサイユ宮殿のようなものか。庶民には想像がつかない。目を見張るような話にも拘わらず淡々とした口ぶりだったのは、きっと得意とするところの話の内容なのだ。会う人ごとに投げつけている、とっておきの話題なのだと察した。彼は見合いの席で初対面ともあってポーカーフェースで真剣に聞いていた。当然受けるだろうと思って話しているはずなので、真剣に聞くまでのことではないのにだ。居室として一部使っているだけのようだが、仮の住まいとしても興味津々だった。迎賓館のような旧観を留め、ステージでスターが降りてくるような派手な階段でもあるのだろうか。

彼は聞いていてその豪邸に少女のような憧れが浮かんで、自分でも次第におかしくなった。しかし豪邸の話とは裏腹に、彼女の見てくれはどう見ても普通の女性だ。クルマも軽であり、言葉も上品なざあます調ではない。あくまで一介の教師であって、富豪の令嬢が市井に出てきたということではなさそうだ。

彼の住まいは、西洋御殿を装飾するようなシャンデリアなどはどこを見てもなく、和風の簡素な間取りである。父親と二人暮らしということもあり、家具調度はつつましく、電子レンジなどあったらいいと思うものも、なければないで済んでしまっている。床の間の掛け軸や庭の野草や庭石にささやかな趣があれば十分だった。

彼女は、離婚歴があるのでその身の上話などもしてきたが、何故離婚の理由を聞かないのですかと逆に質問してきた。最初からそんなこと失礼かなと聞かなかっただけだ。しかし、彼女の方から俯きながらも話してくれた。元夫は、職場で知り合ったが、パチンコ好きで、子どものことにほとんど無関心なのでなにかと苦労したと、とうとう話してくれた。斯くも話すのは、離婚までの苦しみや、長男と離ればなれになった無念さが拭いきれないのだと思わせる。穏やかな口調で言い含めるような話に、彼は離婚に至った理由がよく理解できたし、また他山の石とすべしと自分に言い聞かせた。

趣味は、彼はスキーやテニスをやるが、彼女は運動が苦手という。教員の免許をとるにも体育には困ったと。

「趣味は園芸でしたよね」

「園芸というより庭の草刈です」

彼は真面目に聞いていたが、謙虚に言ったのだろうとつい笑ってしまった。楽しい草刈の仕方、後でじっくり教わったら有意義だ。時間と共に結構、お互いなじんできた。しかし、グァテマラのコーヒーの味はよくわからなかった。それは彼女のことばかりが気になっていたからである。時間は優に一時間以上経っていた。こう言おう、ああ言おうと考えていたことは思ったほど言えなかった。彼は普段あまり無駄口をたたく方ではないが、それでもこの時は気も漫ろであったが何故か純な気分で会話は続いた。

彼女は年甲斐もなく終始はにかむように伏し目がちだった。お陰で彼女の薄化粧の上品な顔を、好きなだけ眺めることができた。殊更口元にはすっかり見とれてしまった。きれいな顔立ちだと思った。すましたようでもあり、恥じらいを含んだようでもある静かな羊のような笑みは、たおやかな細い上唇に佳麗さを添えている。時折彼の顔に目を向けられることがあったが、そんな時でも彼女の口元から目が離せなかった。

彼女はある程度見合いの心得があるのかなとも思った。素直に等身大に自分のことを話しているように思えたのだ。そんな素朴さに魅せられた。ほんの一時間ほど前に初対面した時の見た目の印象と変わることはなかった。一方彼の方は十代のまだ恋らしい恋を知らない頃のように背伸びぎみだったかもしれない。彼女の前だったら衒うことなどなかったとちょっと安心したのだった。

そろそろ席を立ってもいい時間になっていた。その前に電話番号の交換をしたかった。だけど断られるかもしれない。あるいは、相談所を通して聞くのがルールかもしれない。しかし、このまま別れていいものか。なんとかアプローチをしておきたかった。思い惑うものの、彼女から電話番号を聞き出したいという気持ちが熱かった。ほどよい熱さのそばのつゆに少々目立たない程度七味唐辛子を加えたがために、つゆが喉を通過した時に首筋がほてってきたかのように熱かった。その熱さのほどは頭まで上る熱さでなく首筋を温める程度だったが、それでも熱かった。とりあえず、二人分の会計は済ませたが、好きな相手の電話番号を尋ねるのは勇気がいる。二人はクルマまで戻った。彼は顎に指を当てながら考えあぐね、別れ際になって後に引けないという段になり、彼女の背を軽くノックするかのように遠慮がちに電話番号を聞いた。

「えー、そうだ、電話番号を教えてもらっていいですか」

「はい」

彼は「やったぁ」と思った。そこには声に出さない歓喜があった。その瞬間、まだ紅葉にはなっていない木の枝をいっぱいに覆う艶やかな緑が、きらきらと光を反射するように、彼女と周囲の景色が眩しく光って見えた。彼は嬉しくて、眩しくて目を細めずにいられなかった。問いかけた時は手探りで暗がりにいるようだったが、一転扉は開き太陽光の下に舞台は移った。

今日は朝から眩しいほどに快晴だった。この時彼はそれをつとに実感したのだった。相談所を通して聞く電話番号なんて味気ない。お見合いといっても恋愛感情に近かった。「携帯持ってますか」と、彼はまず携帯を所有しているかを聞いた。携帯は持っていなくても、まだ珍しくはなかったからだ。

彼女は「はい」と返事をし、バッグから携帯を取り出した。「じゃ、私の電話番号を今から言いますから、今かけてください」と言う彼女の顔には先立つ気持ちが表れていた。メモ帳を用意しようと思ったが不要だった。携帯同士の機能を利用した最新の方法だ。彼女は息子と携帯でのやりとりをよくしていることから、携帯の機能を熟知しているようだった。彼は携帯をアナログ波の頃から使っていて最近デジタル波に変えたのだが、この方法をとるのは初めてで新鮮な思いだった。彼は、彼女の言う番号を一つ一つ丁寧に押した。恋の予感だ。なんと時間がスローに流れていることか。このまま時間が止まればいいとさえ思った。

彼女の携帯が鳴った。画面には、彼の携帯の番号が表示されていた。次に彼女から、番号表示そのままに電話をかけた。彼の携帯が鳴った。彼は思わず電話に出そうになったが、画面を見ると彼女の携帯の番号が表示されている。彼は嬉しさと感動のあまり思わず笑みをこぼした。

「うーん、この番号ですね」こうして、彼と彼女の交際は始まった。彼女は子ども二人を育てたとは思えず、とても清純な感じで、初恋にも似た出会いだった。

もし、今人生をやり直せるなら、初恋の気分をもう一度彼女相手に芽生えさせたいと思うのだった。

帰って早々に、相談所に率直に結果を報告し、電話番号も既に交換済みであることを伝えた。そこで改めて互いの意思を確認してもらい正に交際が始まった。

それから、週の半ば水曜日に彼女に電話をいれた。

「この前は、どうも」

「どうもありがとうございました」

「早速週末会えますか」

「土曜日は、子どもが英会話塾に行っているので、三時過ぎなら。日曜日なら何時でもOKです」

土曜日は、彼も家の用が何かとあるし、家の用を済ましておけば、心おきなく日曜日は、遊べる。

「じゃ、日曜日お昼でも食事をしますか」

「はい」

「どんなものが食べたいですか」

「なんでも結構です。何か美味しいものありますか」

「はい、何かですね」

彼の地元は和食にしても洋食にしても知る人ぞ知るうまい店が多い。時々同僚の仲間たちと昼食をレストランで摂っているので、洒落たレストランはいくつか知っていた。待ち合わせ場所は、二人の家の中間地点で県境の国道沿いの映画館やボーリング場のある複合娯楽施設で時間は十二時にした。

当日、待ち合わせ場所へは、意外と早く着いた。時間の見当がよく立たなかったので早めに出たが思ったより近かった。駐車場は広く誘導員が指示していた。指示された方に向かい奥の方にある目印になるような街灯の下にクルマをつけた。駐車場が広いので着いたら携帯で場所を知らせ合うことにしていた。彼女は方向音痴だという。間違えず来られるだろうかなどと思っていると携帯が鳴った。彼女からだった。

「近くまで来ているのだけど、ここからどう行ったらいいかわからなくて。教えてください」

「私も、この辺不案内でよくわからないんですよね。そこからボーリングの大きなピンが見えない？」

「見えます。あれね」

「そこ目指して来ればいいんですけど」

「じゃ、そうしてみます」

「それで、正面入り口の前方にある街灯の下にいます」

「はーい」

彼女は「はーい」という返事の仕方がいい。銀行で名前を呼ばれた時も声を出して返事をすると言っていた。子どもをあやした時に、はたまた姑のご機嫌取りで慣らしたのか、子育てや嫁をやってきた片鱗のようだ。

場所は幹線道である国道沿いにあるが、彼女の家から来ると裏側から駐車場に入ることになりわかりづらいかもしれない。それから間もなく彼女は到着し、彼はクルマから出て軽く会釈をした。

「ごめんなさい」

「無事着いてよかった。ここは、入り口どこにあるのかよくわからないですよね。じゃ、早速行きましょう」と言ってクルマの助手席側のドアに手を向けた。

「昼食は、海鮮料理なんてどうですか。海鮮丼に野菜や果物付きで」

「美味しそうですね」

「たぶん」

「ヘルシーですよね」

「じゃそこでいいですね」

国道を東進して彼の住む街へ向かった。この国道は郊外を東西に直線的に走っていて、片側二車線で、彼が通過している区間は随所に高架になっているので交差点の信号待ちが少ない。十分ほどで昼食場所へ着いた。国道から少し北に入ったところにある。

ブロック塀で囲ってある、土の共同駐車場にクルマを入れ、ちょうど店の裏側に位置する所定の場所へ置いた。店は駐車場を出て路地に入り一軒おいた先にある。隣近所は民家なので、暖簾と引き戸が目印である。元は鮮魚屋だったが和食料理屋に衣替えして、夜は小宴会場として使ったこともある。

中に入るとカウンター席と座敷があったが、店の主人は座敷の方をあてがってくれた。魚料理中心に和風が揃っているが、定番の海鮮丼ランチ定食を注文した。食卓では食事の話から始まって、当時経営問題で新聞を賑わしていて、学校共済で団体加入している生命保険会社のことに話題が上った。それはさておきイクラを口に運びぶちゅぶちゅとつぶして舌鼓を打っていると、彼女が妙なことを言ってきた。

「私、鈴木さんのこと、占ってみたんです」

耳にしたことがないような占い名を挙げた。占い名はたぶん漢字表記で東洋的な占いだ。

「へぇー」

「鈴木さんは、あと二、三年で結婚すると思うわ。それも、相手の家に入るの。方角は、東の方よ」

「ふーん」なんとも応えようがなく、苦笑いしながらひたすら食べるだけだった。

彼女の家にでも入るというのか。でも方角が違うではないか。相手は彼女じゃないのか。本気なのか無駄話なのかよくわからなかった。交際が始まったばかりだというのに戸惑った。

彼は彼女への感懐に耽っていた。この日別れを匂わせるようなことを彼女が言っていたからだ。だめならあっさりと終わりにできる。これは見合いの弊害でもある。もし、彼女との出会いがここで終わるのなら、初対面の時の目映いばかりの輝きは単なる幻だったのか。これから熱い日々が始まろうとするはずじゃなかったのか。焦る必要はない。一歩一歩前進していけばいいはずと思っていた。せめて木枯らしの吹く冬になって、木々が姿を変えるまではこの関係は終わらせたくない。と真面目に受け止めたのは帰宅後一人になってからだった。彼女は、先の話をしたのであって大事なのは今だ。

ランチの時の二人の会話は続く。

「結構若い頃苦労もしてますよね」

「確かに学校で専門に勉強したのは、自分には畑違いだったかなと苦労したけどね。でも占いは、あまり信じないですよ」

素っ気なく言うと、彼女は気まぐれに話題を変えた。

「私が受け持つクラスの副担任が怒りっぽい先生で困っているんです。すぐ『うるさい、話掛けるな』とかね。私怒られてばかりなの。柔道やっていたというしね」

「ふーん」

「鈴木さんてやさしいですね」

「えー、ありがとー。でも外見だけですよ」

「私はね、怒るとこわいですよ」

「怒らない人いないでしょう。斎藤さんは怒ると急に丁寧語使いだしたりして」

彼女が怒る。受け流そう、と彼は思った。案外惚れていれば、怒った姿も丸々受け入れられる。そんなもんじゃないかとも思った。彼だって堪忍袋の緒が切れることはあるが、彼女が率直に言ってくれたことが何より嬉しかった。

「その先生は、ハンググライダーが趣味なんです。変わってますよね」

「珍しいですよね」

「そういえば、ハンググライダー場が佐野にありますよ。うーん、それじゃちょっとそのハンググライダー場にでも行ってみる。公園もあるしいいと思うんだよね」

「その先生に会わなければいいけど」

「大丈夫ですよ」

食事の後行くところをいくつか考えていたが、話のついでにそこに決めた。国道に出て、さらに東進し東北道のインターを過ぎた辺りの左手に小高い山が見えてくる。万葉集に歌われたという三毳山《みかもやま》だ。山の中腹までクルマで登れる。

入場料を払って中へ入るとドーム状のトランポリンのような遊具で子どもたちが弾んでいる。そこにじっと目を離さず佇むママがいる。宙で旋回するとんぼと戯れている子がいる。とんぼと幼児の小さな世界が回っている。子ども公園にもなっているが、子ども同士より親子連れがほとんどで、大人も多い。手軽に来られる場所で自然の中での格好の遊び場でもあるので、結構賑わっている。

父親に肩車してもらい、両肩の特等席に満面の笑顔の幼気盛り。すべり台の上でもじもじしている子もいる。「ママがいるから大丈夫よ。もうちょっとでいいから進んで。ほら、よいしょ。ほら、スルスルって」と下で囃し立てるように手を叩いている。すべり台で親と子の綱引き合戦だ。親が引く。囃す。子は駄々をこねる。やっと幼児は降参したかのように、懸命にすべり台の縁にしがみつきながら滑り降りだしたのが健気だ。子どもたちが元気に遊んでいる。高い声で、わいわいがやがやと身体中に喜びを溢れさせる子どもたちで賑々しい。屋外で遊ぶ子どもの元気な姿が気持ちいい。

しかしこれが屋内となると事態は逆転する。彼が中学生の頃ラーメン屋に入り仲間同士一つのテーブルで騒々しくふざけていた。店の大将はいつまでも騒ぎ続けるのを見かねて堪忍袋の緒が切れた。「おまえら、うるせんだよ。静かにしろ」と一喝くらったことがあった。大将は職人気質できっぱりと言いきった。仲間は一同身がぶるっとして黙りこくってしまった。頭をどつかれた思いだったが、今思うと見事な叱りっぷりだった。この地域一帯はラーメン屋やそば屋が多いが、店主は一途な職人気質でテレビにでも紹介されそうな頑固おやじといった傾向が強い。そんな店はお行儀よくしてないとうまい食事にありつけないのだ。ここで遊ぶ子らの中にも、一人や二人頑固な店主に怒鳴られたことがある子がいてもおかしくない。

園内は遊覧電車もあり待ち合いの列ができている。子ども公園というちょっと場違いなところにいるが、どんな風景の中にいようと彼女と一緒だという空間が大切なのだ。行き交う人たちに紛れながら歩いているが、小柄で端整な彼女と一緒のところを同僚に見られたら、後で井戸端会議のネタとして花が咲きそうだ。ここで誰か知り合いにでもばったり会ったら、軽く会釈を交わすつもりでわくわくしながら歩いた。

彼女は元気に遊ぶ幼い子たちを見て、

「私にも女の子がいたらな」と羨ましそうに言った。

「なんとなくわかる。男の子二人でしたよね」あと十年もすれば女の子の孫ができるかもしれない。

「もう少し、上まで行ってみない。カジュアルシューズだから大丈夫だよね」

「うーん大丈夫」と言うがちょっと躊躇しているようだ。山登りの準備なんかしてないのにと……。


舗装はされてないので行けるところまで登ってみることにした。ごつごつとした岩場があるようだったら止めた方がいい。山道を登って間もなくベンチのある場所へ辿り着いた。

天候に恵まれ眺めは良く、ここからは関東平野が眺望できる。通りがかりの人に聞いたらハンググライダー場はもっと奥にあるという。今日は、ハンググライダーは飛んでない。景色だけ見るならハンググライダーを使わなくても山頂からで十分だ。

彼は山の南に広がる農地を微妙に湾曲して横切る道が、今通ってきた国道だと説明した。国道には、アクセサリーのようなクルマが太陽の光を反射させながら走り抜け豆粒のようになってゆく。中腹から見下ろすとその速さは意外とスピード感がない。普段せわしく通っている国道がのどかに見えた。この道は通勤に使っていたことがある。ほとんどのクルマが準高速のように時速七十キロ、八十キロで走り、赤信号がもどかしく思えた。この流れに乗ってコンビニのトイレに寄りたかった時、数少ないコンビニを見逃してしまい、引き返しもせずついには家まで我慢に我慢を重ね、下半身を揺らしながらトイレに駆け込んだ時の放出感ときたら何かこの風景の解放感と似ている。

こうして見ると、自分の通っていた道は広い大地の一本線にすぎない。フロントガラス越しに見た狭い風景とはまるで違う風景が拡がっているのだ。

ここへ来た意義をやっと見つけた。子ども公園が目的ではなかったとはっきり言える。見上げた空がこんなに広いなんて。子どもの頃見た風景である。宅地に利用されている山があり、道路が一本通っている。子どもの頃、その小さな山間が遊び場だったりした。山道を登り広大な平野をよく眺めていた。そこには広々と見渡せる風景、遠くに見える橋や丘陵、冬の晴れた日には富士山もこぢんまりと見えた。遠い世界に夢を馳せた。頭上に障害物は何一つなく、山から見る雲はより近くに親近感を感じ、なんだか雲に乗れそうな気がした。青空にぽっかり浮かぶ雲を見ていると爽快感さえ覚えた。

彼女も生まれ育った農村地帯が胸に浮かんだと言い、広がる大地を感慨深そうに見ている。それはなにか自分の身辺でもふと俯瞰したかのようである。しかし彼は心なしか、彼女の姿があたかも万葉の気分を味わうかのように見えていた。

ここは、南側の斜面だが、北側の斜面には、春ならばカタクリが群生しているという。春に来れば、雑木林の中一面に可憐に咲くカタクリや昆虫が出迎えてくれる。

それから、来た道を戻り花壇のところでしばらく休憩した。彼は花の名前がわからなかったので、彼女に聞いたらちゃんと教えてくれた。彼女は学校の授業で園芸もやっているというが、彼は日頃ほとんど花には無関心な生活をしている。家の庭に咲くのは、サツキと芝桜くらいで、花の名前をよく知っている彼女を尊敬の眼差しで見ていた。花壇では、ケイトウやコスモスが秋の日差しを愛おしむように赤や白や黄色の花を咲かせていた。彼はこうして彼女といるだけで知らず知らず手足までが温まるものを感じていた。

そろそろ帰ろうかという時に彼女が言った。

「今日、八時からプロファイリングというテレビで水谷豊がでるの。あの人見てると、鈴木さんを思い出しそう」

「でも、今日は野球中継じゃないかな」彼は、少し照れながら言った。

水谷豊とはよく言われる。彼女もきっとそう思っているだろうと思っていた。悪い気はしないが、たまにはアイドルの名を冗談でもいいから言ってもらいたかったのだ。


この日は彼の担当業務の一つである病院の医療監視である。年に一度管内の病院を巡視しているのである。医療監視は夏の暑さも薄れ、ようやく季節が秋めいた頃から始まる。そしてだいたい年明けの一月頃まで続く。医療監視は事前に日時を指定して行うものなので、病院側の前日は、院内の整理整頓や、書類のチェックなどおおわらわに違いない。スタッフ構成は所長補佐と医事統計係から二名、看護、栄養、薬事、放射線各専門職一名である。病院会議室でテーブルをはさみ病院職員と対面している中で、医療監視は冒頭所長補佐の紋切り型の挨拶から始まる。

「日頃、地域医療に貢献されていること、この場をお借りして御礼いたします。よりよい医療の提供に努めていてお忙しい中と思いますが、本日は年一回の定期的な医療法に基づく医療監視を実施いたしますのでよろしくお願いします」

次に院長の挨拶である。

「ご多忙の中お越しいただきありがたく思います。職員一同充実した医療の提供に努めていますが、至らぬ点もあると思いますのでお気づきのところは改善しますのでよろしくお願いします」

院長は挨拶が済むと外来診療があるのでスーッと引き払った。一応、保健福祉事務所側と病院側が各々自己紹介を済ませた後、担当ごとに分かれ書類のチェックが始まる。医療監視用に作成された所定の資料から看護記録など病院が業務上作成し保管すべき書類まで隈なく見ていく。

彼は主に医療従事者の充足状況について受け持っている。病院の現況を把握するために、事前に作成した施設表を提出してもらっている。これには、診療科目ごとの一日の入院、外来患者数や、従業者数、検査室やＩＣＵなどの設備の有無等がＡ４用紙一枚分の表にびっしり細かく記載されている。一日平均の入院、外来患者数をチェックし、それから必要医師数を算定式から算出する。この病院の医師充足率は、百パーセントを越えている。医師には結構いい報酬を支払っているのを見ると納得である。

一時間ほど経過して中盤にさしかかった頃会議室に中年の小太りの輩が乱入してきた。

「院長はどこだ。どこだ」

入ってくるなりいきなり騒ぎ立てている。何事が起きたのか一同唖然とするばかりである。手を休めて事態を静かに見据えた。

「すいません。今会議中ですので、後ほどゆっくりうかがいますので」

職員が平身低頭謝り退室させた。一体どうなるかと思ったが騒動はすぐに収まった。

「どうしたのですか」

「いや、地権者なのですが、トラブルがあったもので。この件は大丈夫ですから」

医療監視があるところを敢えて狙ってきたとも勘ぐってしまう。大丈夫と言っているので金絡みのことにつっ込むのはやめた。必要以上に深入りしない。公務員としての習い性だ。越権行為になってしまう。ともかく医療法上のチェック項目を埋めていくのを優先し、午前中には終えたいのである。

タイムカードを見せてもらい、事前に提出指示した名簿と照合した。

「名簿のこの方のタイムカードがないですね」

「その人は退職してますね」

「いつですか」

「八月です」

「代わりに誰か採用してますか」

「募集中です」

「欠員ということで、従事者数訂正しておきますね」

「この方もですか」

「えーと、います。結婚して名字が変わっています」

「免許氏名変更ですね。変更申請出してください」

職員健康診断は実施しているが、未受診者が数名いるので注意しておいた。カルテの担当医の名前は確認した。非常勤医師と当直日誌は符合する。一通り書類を見終えると時間は十一時三十分になろうとしている。そろそろ終了の時間である。後は院内巡視をして終了となる。

「ところでさっきの地権者の騒ぎは病院運営上のことですか」

乱入事件が気になったので問い直した。

「駐車場の賃貸料をしばらく滞納しているものですから。駐車場閉鎖するといきまいているんです。払えば済むことですから近いうちに払います」

院長は患者にやさしく信頼が厚いのだが、事務長は暖簾に腕押しで頼りないところがある。改善を指摘してもそっけない対応で、やると言ってなかなかやらない事務長である。地権者が怒るのも頷ける。この事務長には黙っていてはいつになっても埒があかない。だいたいがこの事務長は前任者が辞めた後、事務員からいきなり事務長になったとのことだが、事務長職は不本意であることを何気に仄めかしていた。病院に併設された老健施設も含めると百五十人からの職員数の組織の事務長ともなると、一かどの任務ではいかないのは察して余り多い。

「そうですよね。閉鎖されてはね。患者も職員もどこにクルマ置けばいいのということになりますからね。路上駐車ですか。そうはいかないですよね。病院も経営が難しいのでしょうけどね。ある病院では、ボールペン新しいものもらうのに、使い切った古いものを持ってきて交換で渡しているところもありますよ。身近なところから無駄遣いを防いでいこうという考えですかね」

「ボールペンでしたら、庶務係で薬品業者からボールペンを寄付してもらって使おうかというプロジェクトが進行中なのですよ」

「面白い発想ですね」

事務員の間で雑談で出たような話をプロジェクトと言っているのに思わず苦笑してし

まったが、節約の必要性が院内で話題となっているようだ。

「だいたいみんな終わったようなので、院内巡視いたしますので案内してもらえますか」

院内巡視はそろそろと、病室はのぞき込むように、結構患者に気を遣うのである。設備構造、ナースステーション、患者の収容状況、非常階段、整理整頓、薬品の保管などを見て回る。

「劇薬の保管場所はここでいいですが、赤字で劇と書いてください」

「ポータブルレントゲン装置は、ロックしておいてください」

「ゴミ置き場は施錠してください」

「非常口の傍に物を置かないでください」

「調理食品はふたをして保存してください」

「被災時の衛生材料を備蓄しておいてください」

気づいた時点で一つ一つ質問し注意していった。事務長はそれをメモしながらの案内だ。事務長の案内で屋上から一階まで院内一巡してきて、いつの間にか会議室まで戻っていた。

「それでは、十分後に公表しますので席をはずしていてください」

担当者が補佐に結果のメモを渡し、補佐から公表が行われた。どれも重大な指摘はなかったが、来たからには何か言っておかなければという程度の指摘に留まった。

「では、後日文書で正式に報告しますから。今日はどうもご協力ありがとうございました」

監視員は病院の各部署代表者がかしこまって立ち並ぶ中、ぞろぞろと会議室を出ていった。十二時にもなると外来の待合い患者はぐんと少なくなっていた。事務長が玄関先で心なしかほっとしたように「お気をつけて」とのほほんとした顔で見送った。

「さて、お昼はホテルのランチを予約しておいたから」

「医療監視はいつも予約で、お昼が楽しみよね」

女子職員の一人が目尻を下げて言った。女子職員は美味しいものさえ食べられればご機嫌だ。医療監視一行はそそくさと病院を後にした。

本日の日替わりランチは、Aランチが鮮魚と小エビのポアレでBがヤリイカと鮭の塩焼きと入り口のホワイトボードに手書きで記されていた。席に着くとメニューを渡され、真面目顔でメニューを見ながら口々にあれがいい、これがいいと言っている。だいたい決まったところでウエイターを呼んだ。

「奥の方からどうぞ」

「ドライカレーのセットを。量を半分にしてもらえますか」

「半分はできません。申し訳ございません」

「お金は一人分出しますけど」だめと言っているのに亀山係長が横やりをいれた。

「いいですよ、一人前ください」と栄養士の吉崎さんは素直に諦めた。

「あとAランチ二人とBランチ三人で」

今のオーダーのやりとりが話題にかかった。

「ドライカレー半分にしてとは、カロリー考えているのかい。さすが栄養士さん」

「違います。太りだしているのですよ」とすました顔だった。

亀山係長は、

「健康診断があるんだよな。だから、最近毎日スイミングクラブで五百メートル泳いでいますよ」

「五百はすごくない」

「そのぐらい泳いでおかないと、異常値が出るからさ」

「でも、やればちゃんと正常値になるんだからいいわよね」

「でも五百は、オリンピック選手の練習量と変わらないかも」

「五百なんて足下にも及ばないでしょう。どうしてオリンピック選手と同じなの」

「オリンピックがあったからね」

「私が知っているのは、七十歳近い人なんだけど毎日千メートル泳いでいるおじいちゃんがいるわよ。元気よね」

「やればできるものなんですかね。若さの秘訣ってそういうところにあるんですよ」

「七十歳とは信じ難いな。俺なんかこの前スイミングに行ってきたんだけどね……。ちょっとばかにされそうだな」

　失笑を誘うような前置きである。一同耳を傾けている。

「どうしたの。ばかにしないわよ」

「ばかにしない？　だったら言うけど、泳いだのは五十メートルだったよ。友達と行ったんだけど、後はプールサイドの椅子に腰掛けて見てただけ。そしたら、監視員に気分でも悪いですかと声掛けられちゃって」

「もうー。情けないなー」

ばかにしないと言っていたのに、高笑いではなかったが一同の笑いが調和した。

「大騒ぎにならなかったかい」

「それはなかった。よかったよ」

「そうよね。五十メートルどころか二十五メートルだって大変なのよ。プールの中を歩いているだけの人もいるでしょう」

ほどほどに気遣ったことを言っている。この中には五十メートルはおろかカナヅチだっているはずだ。

それはそうと食事が進むうちに、このランチは内容が豊富過ぎるくらいたらふく食べていることに気づいた。デザートのメロンでご馳走さまでしたと思ったら、だめ押しでショートケーキも出てきた。女子職員たちは別腹を持っているのか、スイーツを頬張り、尽きない食欲を喜んでいる。ご多分に漏れず美食やフィットネスは輝く女性の時代の象徴であるというのか。彼もまたケーキを二つに切り満腹感にひたりながらゆっくり口に運んだ。彼は食べた分のカロリーは後できっちり消費するか、夕食を減らすかして帳尻を合わせておかないといけないと思った。なにせ健康診断が後に控えている。受診しなければ総務課長にしつこく受診を促されるし、精検にひっかかれば、二次検査を受けなければならないし、なかなか面倒なのである。

暑さも遠のいた土曜日、抜けるような群青の空と綿をちぎったような雲が、凡庸な秋の心地よさを映し出す中、彼は橋の袂にあるテニスコートで小泉と久々にテニスをしていた。この辺りの川べりは広場あり、花壇あり、生徒の掛け声やバッティングの音が響く高校のグラウンドあり、よく整備された緑地と鬱蒼と手つかずの草木が生い茂る自然が混在している。土手を歩き続ければ川べりの風景は変わっていく。すぐ目の前に城跡だという丘陵があり、そこを回り込むように流れゆく川。上流に目を向ければ市街地が広角的に百八十度見渡せる。視界に映るのは川と上流の山々。それに山に抱かれた街の居住マンションや商業ビル。市内をクルマで走ればなんの変哲もない地方都市であるが、ここから眺める市街地は自然と共存し緑の恩沢に浴した風景でこの街のまほろばだ。

「そろそろ休憩にしよう」

二人で乱打をやっていて、互いに左右に振り合いしていたのだ。

「いいよ。だけどまだ始めたばかりだよ。情けないいな」

始めてからまだ十分とやっていない。ベンチに腰掛け汗ばんだ首筋をタオルでぬぐった。

川面を吹き渡る風が秋のすがすがしさを運んでくる。

「テニスは疲れるよ」

「いやー充実した十分だった。集中力を楽しんだよ」

「攻撃的なんだよ。これじゃ十分ももたないよ。お手柔らかに」

「二人だからコート広く使えるのはいいけど、左右に振るのは止めようか」

「いや、いいフットワークしてたね。そしたら次はボレーの練習でもするか」

「それはそうと、合コン相手は見つかったかい」

小泉から看護師との合コン設定を頼まれていた。小泉は結婚の絶対条件が看護師なのだ。理由を聞くと、病気の時よく看病してくれるからだという。病気のことを知っているということは、その程度ではクスリ飲んでいれば大丈夫とあしらわれるのが関の山だ。甘い幻影を持ち続けている。それで彼のコネでも使って県立病院の看護師でも合コンに誘ってくれととんでもないことを言っているのだ。いつも適当に言葉を濁していたが、県立病院の事務員の知人に仕事のついでに聞いたことがあった。その返事は、誰でもいいというなら何人か知っているという。一人は美人だが気が強い。一人はプロポーションが保証できないよ。もう一人はバツ二。冗談とも本気ともつかないが、一応情報は得ていた。そのことを待っていましたとばかり話した。

「いい話があるんだよ」

得意気に三人のことを話した。当然乗ってこないだろうと高を括ってのことだった。

「美人なら気が強いだろうな。俺は土日が変則的に休みなんで、次の休みの日は勤務予定表を見ないとわからない。こういうことは早めに決めた方がいい」

やっと巡ってきた話のせいか、予想外に小泉は乗り気なのだ。小泉は公園事務所勤務なので土日は公休でなく、勤務シフト表で休暇日が割り振られている。

「相手がいいと言っての話だから……」

「押しが大事なんだよ。絶対会いたいと言っていたとね。いい人ですよって言っとけ」

「マジで。でも、仲介に入った友達が言うには、その看護師は男って一人じゃ何もできないのよね。女は一人でも大丈夫なのよって言っていたって」

「だめだったのかい。それならそうと初めに言ってくれよ」

「話は最後まで聞かないと」

彼にすれば斉藤さんのことがあるし、構っていられない話である。彼女とのことを考えなければいけないのに、合コンなどということは二の足を踏むようなことである。斎藤さんのことは、小泉には話していない。話したところで冷やかされるだけだ。それなら幸せは独り占めにしておいた方がいい。そんなわけで腹の内では合コンを設定してもいいと思うが、参加は遠慮したいところだった。

「だめならだめで次行こう。考えておいて」

小泉はあまり当てにしていなかったようにあっさりと言った。

「わかったよ」一件落着した。

隣のコートでは女の子三人組がかしましい。彼女たちのボールが時々コロコロと遊びに来る。ボールだけでなく一緒にプレーを誘ってもいいと思うのだが、小泉は全くそんな気はなさそうだ。テニスくらいなら女の子とやってもいいだろう。仲良しテニスになって面白いではないか。この時ばかりとそそのかしてみるも「いつも俺が、教えているように誘ってみな」ときたものだ。自分から声をかけるつもりはないらしい。小泉は口も八丁手も八丁であるが実は堅物なのかもしれない。彼は彼で少々奥手で小泉は堅物。声など掛けられるわけがない。

十二時までコートを借りていたが、後の組が来ないのでもうしばらくサーブの練習をして締めくくった。ファーストサーブ、セカンドサーブそれぞれ違った性格があり、コーナーを狙ってとかあるが彼は高度なことはせず、とにかくストレートとスライスが確実に入ればいいのだ。彼が就職した頃はテニスが一種のブームで、猫も杓子もやっていたので社会人になってから始めたのだった。今に至っても続けているのは、小泉がいつも言うように勝負に関係なく自分のリズムに集中することにさっぱりした心地よさを感じるからだ。

寺子屋で一緒に学ぶ知人からトイレ掃除のボランティアを一日やらないかという誘いがあった。場所は、県北の中心都市。ここ県南地域から高速を使っても一時間半はかかる。それも朝五時起きで行くことになる。もし、行けたらの話で、「朝、時間に来られなかったら行っちゃいますから」とのこと。行く時は、長靴だけ用意してきてくださいと。どうも彼は誘われるとへいへいと顔を出したがる方である。早朝に起きるのは、冬に数回スキーに行く時くらいだ。朝が早いが気楽そうな誘いだし、ボランティアというまだ見ぬ時空への関心にも駆り立てられて行くことにした。

十月下旬ともなると早朝はまだ暗い。朝、彼は時計の目ざまし音にまぶたを半分開けた。まぶたは重かった。今日は休日のはず。だからといって二度寝はできない。しょぼしょぼする目をこすり、深呼吸をし、仰向けのまま背筋を思いっきり伸ばした。何度か繰り返した。徐々に眠気が引いていくのがわかった。「よし、今こそ起きる時だ」気合いの入った掛け声と共に、寝床から起き上がり、カーテンを開けた。夜はしらしら明けていた。朝食は前日に買っておいたコッペパンと牛乳で手軽く済ませ、すぐに出発した。この日、ここからの集合場所に来た参加者は四人だった。彼を誘ってくれた亀田さんと、掃除ボランティアを立ち上げた中心的メンバーで、いつも穏やかな表情ながら何事にも一生懸命な青年。もう一人は面識はなく、建設事務所に勤務していると紹介された。簡単に初対面の挨拶をした。

聞くところの話は、このメンバーは、地元のJR駅のトイレ掃除を毎月第三日曜日にやっているという。全国チェーンの自動車用品小売店の会長が組織している〝掃除とは何かを学ぶ会〟の一員でもある。この会は全国的な組織で、中学校や高校のトイレ掃除を生徒と一緒に二、三時間かけてやっている。これをやると、生徒の心もきれいになり、荒れていた学校は平和になる。会長は、人生をかけて取り組んでいるといってもいいくらい一生懸命だという。今回は、〝那須与一マラソン〟があるので、会場である陸上競技場の公衆トイレの掃除を、〝栃木掃除とは何かを学ぶ会〟が行うので、彼らも掃除の応援に行くのだ。

掃除会場に集まったのは、開催市や県央の都市から十人くらいだった。女性の姿もちらほら見え、年齢は三十代から五十代くらいである。職業は板金屋さんや保育士さんなど様々だ。一人竹細工屋さんがいて、手作りの頑丈そうなほうきを持ってきていた。

これから、驚くほど徹底したトイレ掃除が始まる。へなへなやっていては、白い目で見られそうな雰囲気がうかがわれる。彼はいつも洗車をする時の格好で長靴とエプロンをかけ、後はぎこちなくも見よう見真似で始めた。公衆トイレだから、便器はかなり汚れている。男子用トイレの水こしを外し、大工道具のやすりやブラシ、のみまで使い、固まった汚れをごしごしと落としていく。彼は、上っ面だけやって戻そうとしたら、先に始めた人がまだやっている。見ると、内側の見えないところも、きれいになるまでやっている。それも、新品同然になるようピカピカになるまでやっているのである。そここに時間をかけて中途半端にやったところで、「これで終わりにしていいですか」などと聞くのも憚られる。そこまでやるとは考えてもみなかったが、仕方ないのでとりあえずさらに磨き続けた。しつこい汚れはなかなか落ちるものではない。そうまでやってきれいになるものか、「畑で蛤を拾う」という慣用句のとおりだと痛感しながらも、せっせとこすり続けた。早く終わりにしてもらいたいものだという思いをぶつけるようにこすった。この会がトイレ掃除に二時間も三時間もかけるのがわかる。床はモップをかけ、手洗い場所も磨く。みんな、黙々と時々「こんなもんでどうかね」と声掛け合いながら一生懸命やっている。今までやった掃除とは違う。学校の掃除当番にこんなに身を入れてやったことはなかった。なので、初めは場違いなところに来たと思って動作が鈍かったが、やっているうちには徐々に雰囲気や要領が掴めてくるのだった。やってみるものである。次第にきれいになっていくではないか。やがて無我夢中の境地で励む自分に気づいた。終盤になってようやく身が軽くなっていくのも実感した。そして、ここに集まった人たちは、修行者か、掃除の鬼か、掃除を愛してやまない影の功労者だとお世辞抜きに思った。しかし構えた態度をとらずとも、掃除ボランティア自体は男女や年齢、職業の分け隔てなくできそうなのだ。

トイレ掃除は便器だけではない。床をブラシでこする。こする。こする。手洗い場も。壁も。時間が許す限り続いた。

終わってみると、誰もが感心するほど、散歩中の犬までもがきゃんきゃん吠え尾を振り満足気である。全部新品そのものの状態だ。「使わずに展示品にでもしておきたいくらいに気持ちいい仕上がりだ」と異口同音に言う。みんなで精魂こめ磨いたものが目に見えた成果となっているのと、やっと終わったかという解放感に、はなはだ感激するほどの達成感を得た。彼は見よう見真似ながらも、肉体労働を一心にやった充実感が心地よかった。ところが、掃除はまだ続いた。トイレには所かまわず道具類が散らばっている。雑然とした風景があった。彼は後片付けをして早く帰りたかった。しかし、単に片づけるだけではなかった。これから清掃用具を洗って終わりとなるのだった。さすがセミプロは道具を大事にするのであるが、彼にはまだ残っていた掃除の続きが気の遠くなるような作業に思えた。しかし、もう大詰めに来ていることは確かだった。それは程ほどに水道水で洗い流すことで今度こそ終わりになり、帰り支度となった。最後はみんなで輪になって、感想を述べ合ってお開きとなった。彼は、「掃除の面白さを知った」と喜びを伝えた。

この後彼は、毎週土曜日を掃除と懇ろになる日と定めたのだった。

土曜日。この日も掃除をしていた。家の掃除もあそこまでは根を入れないにしても、今までより一層気合いが入るようになっていた。「掃除は丸く掃かずに、隅も掃かないとだめだがね」と母が言っていたことこそが、掃除の本質なんだと思いながら丹精を込めて。

事務所の保健部親睦会と称する飲み会があった。休息時に喫煙所で開かれた課長会議で決まったらしい。夏の暑い時期ならキンキンに冷えたビールをグイッと飲み干し、冬なら熱燗で身体の中から温める。十一月という中途半端な時期に飲み会をするのは、酒好きの課長が揃っているからだ。今年取りやめになった職員旅行の代わりらしい。

当日、席はくじ引きで決められ、この日彼は万年係長吉岡の隣の席になってしまった。万年係長の割には貫禄だけは十分である。五十七歳ですっかりロマンスグレーの大酒豪でもある。コップに酒が切れないように気を遣わなければならないと思うと、落ち着いて料理にありつけない。大酒豪は酒の注ぎ方にも注文が多い。お酌に来た女子職員に講釈をのべている。

「徳利を持つ時小指を立てるといいよ。袖を押さえるようにして注ぐと色っぽいんだけどね」

「こんな感じですか」

「洋服じゃ雰囲気出ないな」

「でも私一度飲み屋の女将さんやってみたいです。そしたら小料理食べてくださいね」

「本当に辞表出して、夜の水商売やってたりしてね」

「そしたら、常連で来てください」

「じゃ、次はビールの注ぎ方を教える。冷えたグラス用意して、これね。まず半分くらい入れてみて」引き続いて万年係長のビールの注ぎ方教室が始まった。

「すーちゃん、コップ空けて注いでもらいなよ」

彼は半分ほどあったビールを一気にぐいっと飲み干した。

「ありがとうございます」とグラスを差し出した。

「はいどうぞ」と半分注いだ。

「半分しか飲めないんですか。これで終わりじゃ寂しいな」

「そうですよね。係長が半分だけ注げって言うんだもの」

万年係長の講釈はまだ先があった。

「そしたら、グラスの中に泡の蓋をつくったんで、グラスを傾けて縁からゆっくりビールを注ぎ入れれば最高だ。うまいだろう」

「はい、そうですね。今日一です」

「注ぎながらグラスを上げればもうたくさんだよのサインだ。次が大事なんだ。グラスを下げればもっと飲むよの意味だ」

ビールを呷ると顔を三段腹のようにくちゃくちゃにして「うまい」と言った。

「どこに入ったのだろうかね今飲んだビール。もう一杯だけ頂戴」

「すーちゃんも、もう一杯いくか」

そうはいっても宴たけなわで腹は満腹に近く、ビールは少し休みたかった。

「ちょっと休みます。そこ見てくださいよ」

飲み過ぎたといわんばかりに雑に置かれた空き瓶を指さした。わかってもらえたらしくそれ以上は勧められなかった。すると、しつこくまた万年係長の講釈が始まった。

「俺は金儲けのために働いているんじゃない、なんて言うやつがいたけど、そんなやつは信用できない」

彼は聞きながら、こやつ金の虫と見た。

「仕事に対するやる気がないんじゃないかってね。土木部にいたけど、土建業者なんていうのは札束で人を動かしているんだ。万札一枚、二枚じゃないんだ。金の力はそういうものなんだよ。わかる。金さえあれば子どももいい大学に入れられる。俺の息子は地元の進学校から東大に入ったんだ」

自分はたいした学歴でもないのに、息子のことが自慢なのだ。なにしろ息子は東大生だ。

「福井さんちの息子なんか、地元に県内トップの進学校があるのに、なんでわざわざ遠くまで電車通学させているのかね」

とぼけたことを言いながらもやっぱり息子自慢したり、さりげなく人の家の批判か。

「いい大学入って、うんと金稼げということだよ」

「あっそう」

一応聞くふりだけはした。金稼げる実力があるかなんていうのは社会に出てみないとわからないものだ。この呑兵衛、成金趣味の嫌なやつだ。社風の違うところの社員の話を聞いているようだ。

利益や出世栄達を非とする風潮はいつの世にもある。欲の方ばかり追いかけるから苦労するのだというではないか。

万年係長とは考えていることが違うのだ。直属の係長じゃなくてよかったと思いながら手酌酒を呷った。悪酔いしそうだった。それ以上酒をやるのは止めて、しばらくお座敷の外のロビーで頭を冷やした。

# 第三章　逡巡

十一月も中旬になっている。時期的に彼も彼女も行事が立て込んでいて、週末といっても勤務が入ることがたびたびある。彼女に会うにしてもなかなか思うに任せない。

つい先頃の日曜日も、彼は、勤務する事務所が市町村の主催する健康まつりに協賛していたので、その手伝いで参加していた。健康まつりは、住民の健康に資するよう疾病予防の情報提供や健康診断、体力測定、歯科衛生、食品衛生、栄養相談などのコーナーが設けられている。場所は、市民会館の複数の会議室や小ホールを充てている。準備は前日及び当日に行う。前日会議等に使用されている箇所は、準備は当日になり、朝からボードやテーブルを用意しパンフレット配置やポスター掲示など、十時の開会に間に合わせることになり慌ただしい。

彼は生活習慣病予防コーナーを同僚と二人で受け持っていた。パンフレット配布とパネル展示とクイズによって普及啓発する目的である。クイズは保健師が作成したもので、「はい」「いいえ」で答える形式である。問題用紙と解答用紙とそれに解答者全員に配布する小物入れのバッグとセットで二百部用意した。全部さばけた段階でクイズ終了である。彼は残ったとしてもそれでいいと思っていたが、そうも言っていられないらしい。先だって管轄内の別の市で課長たちがやった時には二百部全部さばけたという。あのフットワークの重い課長でさえもこなしたとなると、おちおちしていられないと俄然やる気になった。これは終了後報告書を提出するに際しみすぼらしい数字は計上できないという、傍目を気にしただけの問題であり、こんなことで目標達成できなかったとしても、上級官庁である厚労省の監査でお咎めを受けるはずがない。

入場者は、午前中に集中してお祭りの様相そのものである。午前中のこの期を逃してはならない。担当の二人は手当たり次第に、来場者に半ば押しつけぎみにクイズをお願いした。来場者は中高年が多く、皆嫌な顔せずに応じてくれるのだった。簡単なクイズ十問をさっと答え合わせして次から次へと済ませ、午前中にほぼ完了した。

午後はすいてくるので、職員は皆交替で、日頃運動してない人のために開かれたというヨガ教室で、ゆっくりゆったりとした動きで身体をほぐしたり、体力測定、調理実演などの会場を見て回った。五時閉会だが四時頃には来場者はほとんど見られない。四時三十分を回るとぼちぼち各コーナーで片付けが始まった。皆気持ちは同じだ。早く切り上げたいのだ。休日までむちゃくちゃ働いていたら翌週いい仕事はできない。

次週の日曜日は、彼女と市街を貫く旧国道を東へ向かい伊万里焼きの美術館を訪ねた。遠距離通勤している同僚から、観光案内に載っているからぜひ行ってみたいと聞いて興味を持った。地元でありながら行ったことがなかったので一度行ってみたいと思ったのだ。市内には、結構穴場といえるような名所地が多く、ちょっと探索にはいいがいつでも行けるような範囲なので敢えて行こうという気にならない。それに初めてのところに一人で行くのも気が進まない。でも彼女とならじっくり堪能したいところだった。

見るからに観光用の広い駐車場は今日のクルマの数はまばらだ。林に囲まれた中に展示館があり、駐車場から江戸時代のお屋敷のような豪華な門をくぐる。門内は松林に囲まれた丘陵地になっていて、緩やかな坂道がぐるりと回っている。澄んだ秋の日差しに照らされた木々の影を足下に受けながら、落ち葉に覆われた地肌の小道を歩いた。静けさの中にキーイッキーイッという鳥の鳴き声が山中から聞こえてくる。本館の他にも木立の中に点在するいくつかの庵風の建物が山荘で過ごしているような風情を作り、また、それが陶磁器鑑賞の気分に導いてくれるかのようでもあった。

本館と思しき建物に入ってみると、展示品は一階だけでは足りず二階にも展示してある。その数たるもの夥しく壮観だった。徳利、壺、動物の置物、皿、鉢、人形、皆緻密な模様があしらわれているのには驚いた。相当手間暇かけて作り上げたに違いない。それにしてもなぜ、この美術館を建立した収集家はこうも鍋島や伊万里ばかり飽きずに集めだしたのか。収集家の方に興味を持ってしまう。これだけ一つに凝るのは典雅さだけに美を見出したのではなく、無名の職人たちのこつこつと丹精こめた物作りの凄さに惚れ込んだのだと動機を聞いたことがあった。この際だからと作者の意図でなく、収集家の意図に思いを巡らした。

彼女は、玄関に置けそうなものを一生懸命探していた。これは、売り物ではないのに。彼女が住居とする豪邸なら、背丈くらいはあるばかでかい壺がお似合いだ。

鑑定士ならば、

「この艶がいい。形状は江戸時代のものです。いい仕事をしてますね」

「はたして鑑定はいかに。オープン・ザ・プライス」となるところだが、骨董品の価値は素人にはわからない。良さを言葉に表すのも難しい。藍色の器は猛暑の夏には涼しさを演出してくれるはずだとだけは思った。それにその産地の個性が表れていることは確かだと思う。そして知人に宮大工がいるが、黙々と丁寧な仕事ぶりを見た時手本にしたいほど好感を持った。同じように陶磁器には職人の丁寧な仕事ぶりを伝えるものがあった。

ギャラリーで言葉を発する者は少ない。夫婦二人連れの夫の方が「凄い。凄い」と言いながら鑑賞しているのを見て、彼も単に「これは、凄い」を連発していた。人影はぽつりぽつりとしていて、こうして二人でいると単調な毎日から解かれる。

帰りにふと母校の小学校に立ち寄りたくなり、少し遠回りをした。彼は区画整理で転居して以来久しく母校に近づいていなかった。クルマを外周の道路に止めて校庭を眺めた。

「ここが、通ってた小学校なんですよ」

「大きいですね」

「市内一のマンモス校ですよ。一学年六クラスだったね。中入ってみる」

校庭の横手にある出入り口から中へ入った。

「懐かしいでしょう。何年ぶりなの」

「何年ぶりって、たぶん卒業して以来だよ」

「どう、変わった」

「校庭は、ブランコのところが鉄棒だったかな。変わっているのはそれくらいなのかな。遊具は色が多色塗りじゃなかったと思ったけど。校舎は全然よくなっている。前にある校舎は、私の時から鉄筋コンクリートの校舎だったんですよ。後ろにある校舎が当時は木造のぼろ校舎でね。あと、昔講堂と言っていたのが体育館になっちゃってる。屋根丸くて鉄筋に変わっている。立派な建物だね。隣に見えるのが神社ですね。木に覆われて。かくれんぼなんかよくやったかな」

鉄棒、ブランコ、シーソー、すべり台、のぼり棒、回旋塔、ジャングルジムなど昔遊んだ遊具は全部あった。在校した当時は鉄筋コンクリートの校舎一棟と、隙間風が吹き込み、黒光りしているような廊下の古めかしい木造校舎の二棟、それに講堂があったが、今は近代化された鉄筋コンクリートの校舎二棟と体育館が小高い丘の雑木林を背に偉容を示している。校舎だけ見たら隔世の感がある。校庭で遊んでいる子は少なかった。男の子三人がサッカーボールで遊んでいる。人数が少ないのでサッカーというよりボールの蹴りっこだ。そこに女の子が数人からんでいる。

陰毛のことを別名恥毛ともいう。恩師の寺子屋で、恥毛の生える頃の二次性徴による身体の変化とそれに伴う心の動きと親の心得なることを、恩師が力説、論じた回があった。子どもたちは読んで字のごとく恥毛が生え出すことを恥じらうのである。修学旅行の大浴場では生えだしていると他人が気になり、見られることが恥ずかしい。しかし、それを受け入れることから大人への一歩が始まる。小学校の頃は、女の子の方が男の子より一歩先に成長する。遅れをとったガキどもの関心の的はふくらみ始めた女の子の胸である。プールから出る女の子の胸をプールサイドからちらっと覗けたことなど面白げに話したりする。やがて男の子たちは声変わりをし、髭が生え、自我が目覚め容姿、学業、親が気にかかりだし、道に迷い葛藤もする。巣立つ前の大人へのあこがれや失望。大人への階段が立ちはだかる思春期の入り口に小学校六年の男の子たちは立っている。

二人は校庭の隅をぶらぶらしながらゆっくり鉄棒のところまで来た。彼は徐に鉄棒を握り左足に重心をかけて、上体を前後に揺らしてひょいと土を蹴り逆上がりをした。彼の足は円く一回転した。

「おお、できた」

はるかな過去の日にやっていたことができて嬉しかった。

「斉藤さんもやってみる」

「私はやれません」いぶかし気な面もちになっていた。

「できないんでしたっけ」

目を見開き見つめられたと思ったらにこっと笑い言った。

「私スカートですからー。それに鈴木さんだんご虫みたいだったわよ」

「うーん、そう」

彼は彼女の軽い冗句にちょこっと肩を聳やかしながら笑った。彼女は襟元や袖口にフリルを使った白いブラウスとベージュっぽい膝下まであるスカートで、さりげなく優雅な装いである。ここはもう少しからかってみたかったが、いきなり下ネタになりそうなので、余韻を残したところで止めた。

彼の小学校時代は、いつも外で遊んでいた。いや、家の中でも遊でいただろうが、暑い夏も、寒い冬も家の中で遊んでいた記憶はあまりない。外の遊びが楽しかったのだ。

学校の帰り道田圃の用水に堰を作って、どじょうやザリガニを捕まえたり。それが彼は楽しかった。帰り道買い食いした駄菓子屋の「おばやんち」はもうない。通学路の田園風景は霧散したかのごとく消え、跡は住宅地になっている。遊びは缶けりをやった。どろじんも、メンコ、三角野球、夏なら近くの山へクワガタ虫とり。冬ならたこ揚げ。仲間の後ろにいつもくっついて遊んでいた。どろじんで、巡査と泥棒の二組に分かれ捕まえっこをして遊んだ。校内を走り回り、結構子どももなりに勇気のいる遊びだったように思う。彼はかけっこが得意だったので好きな遊びの一つだった。終わればもちろん遊びだからノーサイドとなり、今日の調子を話しながら帰るのだった。メンコはお国言葉ではペタンと呼んでいた。丸や長方形の厚紙に野球選手や関取などの絵が印刷されていた。勝負してペタンを増やしていく。時々大勝ちをして達人になったつもりで自慢してみたり、かと思えば次の日は大負けだったり。勝負は勝ったり負けたりなのだ。大人と引き比べ子どもの頃は夢や冒険心にあふれていた。大人は生きているだけでも価値があるというけども、子どもにとっては夢があるだけでも価値がある。それが追いかけっこをしているだけの夢でも。それで、たまに童心に帰ると心が豊かになる気がする。

「今度中学校の同窓会があるの。行こうか迷っていて」

「なんで、行ったら」

離婚したばかりで気が乗らないのだろうか。同窓会といってもこの年齢では卒業してから後の話が中心だからわからないわけでもない。

「職場の同僚も同じようなこと言ってたな」

これを聞いて彼女は微かに笑みを返した。

「同窓会ってたいがい卒業した時のクラスですよね」

「卒業も何もないですよ。私は小学校からずっと一クラスですよ」

「そう。私のところは二年ごとにクラス換えしてたんで。いろんな学年の同窓会があったらいいなと思って」

「そうだといいわよね」

校庭のサッカー少年は一人、二人と集まってきて七、八人になっていた。

彼はまた少し校庭をぶらぶら散策するように歩いた。純真だった子どもの頃のことを回想し一人思い出し笑いしていた。小学校の校庭でドッジボールをする子どもの頃の彼がいた。そして彼女も同じチームにいた。彼は野球のボールより大きいボールは苦手だった。だから飛んできたボールはよけた。よけてばかりでは周りに文句を言われるので、正面の取りやすい高さに来たボールはちゃんと取った。取ると彼女と目が合ったりして。たわいないことを思い浮かべ、当時は存在すら知らない彼女を思い出の中に引き込んだ。彼女と一緒になって童心に帰りたい。そんな思いがわいたのだった。

そろそろ結論も出さないといけないのか。もう少し先になるが、三カ月で結論を出してくださいと言われている。彼は親と同居が条件だが、子連れで入ってくれるのだろうか。そこまでつっ込んだ話し合いはしていない。できないと言われそうで。そう言われたらそれで終わりだ。会うこともできなくなる。結婚目的に付き合っているのだから、だめならまた別に次へということになる。クルマで移動中にさりげなく切り出してみた。

「そろそろ、結論を出さなきゃいけないのかな」

彼は彼女に向かってほんの少し詰め寄ってみたかった。左の安全確認する気もないのに、一瞬左に顔を向けた。その時、彼女の腕がピクリと反射的に動いた。彼の言ったことに反応したのだろうか。それとも、なんの意味もなく動かしただけか。彼女は視線を落としたまま何も答えず沈黙の表情だけをつくった。

彼とすれば全身で受け留めたといっていい、ときめくような出会いを小箱に納め、このまま付き合いを続けたいという思いは疑いようもなかった。

あの沈黙の間から数日が過ぎていた。彼女側の相談所から帰宅後電話が入った。

「アイ・ラブ・ユー・ベリー・マッチ相談所です」

彼は先方の名を聞いただけで、一瞬ぽかんとした。そしてすぐに耳の奥で結婚式場の鐘の音が鳴り出した。その最中に聞こえてきた言葉があった。

「お相手の斎藤からお断りの返事がありました」

抑揚のない声だった。「うーん」彼はすぐに冷静になった。

「ああ、そうですか。お世話になりました」

「アイ・ラブ・ユー・ベリー・マッチ」と彼女がそう言ったのではなく、それは思わせぶりで皮肉な結婚相談所の名称だったのだと、がくっときた。用件はそれだけで終わった。あまりにも味気なく呆気ない用件だった。縁談の返事にお断りを入れるのに、もつれた糸をほぐすような煩わしさはない。いとも簡単である。

彼は意に添わなかったところを聞きたいと思ったが、彼女の気持ちを詮索しても結局のところ何になるのかと思い止めた。ショックではなかったが、落胆といっていい感覚でやるせなかった。僅々の月日はつかの間の夢だったのかと一つため息をついた。縁がなかったと諦めるか。親と同居となるとためらうものがあったのだろうか。こういう時、女の方はきっぱり割りきってしまうのだろう。

彼の職場は、医療部門の専門職種の女性が活躍し男性職員と張り合っている女性もいる中、控えめな彼女といるといつも落ち着いていられたのだ。

それにしても彼女は放っておけないタイプだ。初対面の時の会話で、長男が何か問題に巻き込まれた時警察に相談を持ちかけたが、取り合ってくれなかったと残念そうに言っていた。今なら住民からの相談を握りつぶせば問題となるところだろうが、その頃の時勢は違っていた。学校の先生という大変な仕事をしているし、女手一つで子を育てている。そんな事情を聞いていたので、別れ際に一言彼女のために応援の言葉を認めたいと、彼を彼女思いにさせるのだった。

彼が参加している恩師の主宰する寺子屋で、子育てについての一冊の書籍が配布されていた。ストックしておくものだ。思わぬところで使える。彼女が読んだ方が参考になるような本に違いない。ざーっと読み返してみてこの本を送ろうと決めた。ほとんど読んでなかったので新品同然の状態だった。子どもの心の発達課題や親、家庭の役割が温かみのある文筆で記されている。内容に大学受験に臨んだ、同じクラスに在籍する二人の高校三年生の心情が描かれた件がある。

大学受験に臨んだ同じクラスに在籍する二人の高校三年生。美菜は合格したが、祐太は受験に失敗し、部屋に閉じこもった。そこへ合格した美菜が、一緒に合格できなかったことで励ましに来た。いつも祐太の方が美菜より成績が上で、学年成績ではトップクラスだった。顔向けできない祐太は「帰ってもらってくれ」と母に頼んだ。しかし父親が出てきて、それに応じることなく美菜を二階の部屋に上げた。祐太は腑抜けた顔と髪を両手でぼさぼさにしたような頭で美菜の前に現れた。真っ直ぐに美菜のことを見ることができなかった。美菜はいつも着ていたセーラー服姿で、祐太の顔を見たとたん瞳は潤んだ。「お願い、やり直して」それだけ言うと一筋の涙が頬をつたった。涙を手で押さえるとスカートの裾を翻して泣きながら階段を駆け降りていった。祐太は自分のために流す美菜の涙を初めて見た。少女の涙である。祐太は男として恥ずかしさでいたたまれなかった。そして今までだんまりを決め込んでいた父親は美菜に背を押されたように言った。「家に閉じこもるな。身体を動かせ、肉体労働をして、自分の小遣いくらい自分で稼げ」とたしなめた。間違っていた。自分はなんて思い上がっていたのだろう。なんて親に甘えていたのだろう。祐太は我に返り、自分の至らなさに気づいた。祐太もまた涙で目がうるんだ。若さはなんのためらいもなく祐太を立ち上がらせた。

実体験を作文にし、わずかな時の間で織りなす高校生二人と親の人間模様が感動的な文面になっている。

この本を手紙につけて渡したいと思った。返事はなくていい。もう終わった関係だから。読んでいくらかでも拠り所になればいいとだけ考えた。

いかがお過ごしですか。

ご迷惑かと思いつつ、今回だけお便りします。短い間でしたが、お世話になりました。これも一つの縁だと思います。

ところで、お子さんもこれからの成長が楽しみです。養護教育に尽力されている方に言うのもおこがましいのですが、最近では、学校や家庭で子どもの躾が難しくなってきている傾向なのではと思います。模索はしているのでしょうが。

先生として、母親として、子どもの気持ちを理解し、愛情をもって育てられているでしょうから、興味を持ってもらえるかと思い本を一冊贈ります。忙しい仕事の合間にでもちょっと読める内容ですので。

この本は、私がプライベートで参加しているある勉強会で得た本です。返さなくて結構です。自由にしてください。

これから寒さも厳しくなりますので、どうぞお身体御自愛ください。今後の御健勝を祈ります。


彼は仕事では、文書はよく作成するが、手紙を書くことはほとんどない。形式はよくわからないので手紙の書き方の本を参考にした。内容は事務的にならないように誠心誠意書いたつもりだった。何度も、何度も読み返した。もう少し柔らかい内容の方がいいかもしれないとも思った。でも、手紙を認めている時間は凄く、彼女のことを思っていることに気づいた。濃厚だった。

それにしても、これをどうやって届けたらいいのか。これも思案した。住所は、聞いておかなかったし、電話するのも気後れする。どうしても思い残すことなく渡したかった。そうなると、彼女の相談所だけが頼りである。それなら、今度の日曜日になったら恥を捨て、菓子折りでも携えてお願いに上がろうと考えついたのだ。

これも何かの縁で知り合えたのだ。残念ではあったが、ここは、出会えたことに感謝しよう、と彼は重いペンを置いた。


それから、一週間くらいたって電話があった。彼女からだった。手紙が彼女の手に渡り、読んでくれたのだ。

「あのー、突然お電話してすいませんが」

気兼ねしてか消え入るような声だが、一輪挿しの小さな花のようなのだ。お礼するためにかけてきたのだろうか。再び聞くことができた声を一言一言耳を澄まして聞いた。

「はい。いえ、とんでもないです」

「お手紙と本読ませてもらいました。お礼になんですが、今度十二月三日にうちの学校の学校祭があるのですが、都合よかったらどうですか」

彼女からのお誘いだ。彼女の声に期待感を取り戻した。こんな嬉しいことはない。学校祭とはタイミングがよかった。

「喜んで、行きます。日曜ならいつでもＯＫです」

「ありがとうございます。バザーがあるので、いいものをみつけたら買ってください」

「どんなものがあるんですか」

「冬野菜や衣類やなんでもあります」

「それじゃ、買えるだけ買います」

「売上げに貢献してください」

あにはからんや、こうして二人は再び交際が始まった。また、彼女と会えるのだ。彼女からの思わぬ電話は、ラジオで誰かがリクエストしてお気に入りの歌が流れてきた時のような嬉しさだった。一方で結婚相談所のことになると、溢れかえった喜びは水を打ったように静まった。結婚相談所には一度断ったが、再度申し出て付き合うつもりはなかった。こうなったのは、口裏を合わせてやったのではなく自然な成り行きだったので、とりあえずは相談所を入れることはないだろうと比較的冷静に考えた。数日後、彼女から案内状が届いた。手紙も同封されていた。


久しぶりに見上げた空の青さと、頬に当たる風の冷たさに、秋の深まりを感じる今日この頃となりました。

その後風邪の具合は、いかがですか。住まいが、もう少し近ければ体調のよくない時など何か役に立てることもあるかと思いますが、それも叶わず残念です。暖かくしていれば大丈夫ですから早く元気になってください。

それから、先日は貴重な本をわざわざ届けていただきありがとうございました。ところで、十二月三日（日）に私の勤務校で作品展を行います。文化祭を小規模にしたような催しです。作品展のリーフレットのコピーを送ります。お時間に都合がつくようでしたらお立ち寄りください。

では、お身体の回復をお祈り申し上げてペンを置きます。

追伸

花壇を掘り返していたら、冬眠中のがまがえるを起こしてしまい、かえるも私もびっくり。小春日和の日曜日のことでした。

季節感あふれる書き出しから始まって、一字一句丁寧に印字でなく自筆で書かれていた。彼は一語一語を賞味するように読んだ。内容や字体からやさしさや人あたりのよさが出ていると思った。別に彼は筆跡鑑定士ではないが。彼は、十一月上旬に飲み会をやって、アルコールが少なかったせいか、晩秋の夜寒に身体が冷えて風邪をひいてしまった。季節は一歩冬へと踏み出し、日が沈むと夜露が冷たい。追伸で、しっかり者の彼女のおちゃめな性格が垣間見えて、思わず笑ってしまった。ただ、彼が出した手紙の内容が子どものことに及んでいたので、片親で気持ちの負担になるところがあったらしい。そこは、少し余計なことだったようだ。心の中で「悪かったかな」と呟いた。

手作りの展示品、装飾、そして彼女の職場には興味はあったが学校祭に一人で行くのは、ちょっと気が引けた。学校で栽培した野菜の販売をしているというので、野菜と他に日常生活で使えるようなものがあったら少しでいいから確保してほしいと伝えた。時間を見計らって学校祭の終わった頃取りに行くことにした。

学校祭の終わった五時頃、学校の駐車場にいた。もう、日は暮れていた。軽でヘッドレストに水玉模様のカバーのついている彼女のクルマを見つけ、傍に止めた。そこから彼女の携帯に電話をし、学校に着いていることを伝えた。

彼女はすぐに校舎から出てくると開口一番、「抱えきれないほどあるから手伝って」と言う。

クルマのトランクを開けると、ダンボール箱一箱分にもなっている。残り物一個か二個だと思っていた彼は、これを見て目を丸くした。なにもこんなに要らないのになぁ、と思いつつも嬉しかった。大根、かぶ、大和いも、クッション、植木鉢カバー、湯のみ茶碗。こんなにも箱いっぱいに詰める彼女は、家庭菜園のじゃがいもを大きなスーパーの袋に溢れんばかりにくれる叔母のようだ。そういえば彼女家庭菜園どころではない、農家育ちだった。農家ならではのダイナミックな量だ。

「いやぁ、ありがとう。こんなに貰い過ぎですよ」

「いいから、持っていってください。ふふぅ」

「いくら」

「あとで食事奢ってもらえればいいわ」

「うーん、そっちの方が高くつきそう」

その晩さっそく大和いもをとろろにしておかずにした。

彼の勤務する保健福祉事務所は地域の福祉、保健予防、環境衛生などの業務を担い、彼は医事や統計事務を担当する係員である。管内二十ヵ所余りの入院施設を有する病院の医療監視や医療機関の開設、医療従事者の届け出に関すること、また国や県の保健衛生統計における管内分の取りまとめを業務としている。前年度組織改編があり、この部門が総務課から、地域保健課内の係として分離した。係長以下三名の小世帯だ。係として分離した経緯は、医療監視を病院以外一般の診療所まで拡大する方針を策定し、その場合医療監視対象が約十倍にまで拡がるためだった。しかし、いざ実施に移す段になって医師会から待ったがかかり、譲歩した結果従前どおりの実施に留まってしまった。行政は医師会と喧嘩してはにっちもさっちもどうにもいかなくなる。予防接種をはじめ地域医療に関わる行政は医師会から協力を得なければ成り立たない。そんな事情があり本来なら今頃多忙に悲鳴を上げていたかもしれないが、現状では医師会に仕事を干された格好で全く逆の閑職を極めていた。たまには、土日が待ち遠しくなるほど仕事をしてみたいと思うのだった。

そんなある日、所長がわざわざ彼と係長のところへ来て、

「やりたい調査があるので、協力してほしいんですよ。鈴木さん確かエクセルの研修受けることになってたよね」

彼は年度当初に職員選択研修でエクセル初級を希望していた。ロータス１２３の研修

も受けたことがあったが、ほとんど活用していなかった。近年表計算ソフトはエクセルに移行しているため希望したのだった。希望者が多ければ外れることもあるが、順当に研修が回ってきた。

「もう、受講しました」

「だったら話が早い」

「どんな調査ですか」

「ツ反サーベイランス事業といって、管内の小中学校一・二年生のツ反の発赤径の分布を調べます。それを学校ごとにヒストグラムにしてもらいたい」

「でも初級を受けてきただけです」

いくら閑職とはいえ、急に新たな仕事を持ちかけられては困惑してしまう。

「まぁ、そう言わずに、これは本県の他の地域ではやっていませんが、他県で同じような調査やっているので参考にしてください」

「はい、でもどんなことをやればいいのですか」

「集計表を作って、各学校でツ反の測定値を一ミリメートルの単位で人数を記入し、それを提出してもらって、学校ごとにグラフを作成することです。X軸が発赤径で、Y軸が人数の百分率です」

「何校ありますか。何人くらいですか」

「調べてみたら三十五校くらいだった。生徒数は調べてなかったな」

「結構な調査だと思うのですが、急に言われても面食らってしまいますが。前例があればいいのですが」

彼とすると億劫な仕事は回避したいが、それを言うと角が立ちかねない。エクセルの研修を受けているし、所長から頼まれていることなので立場上即座に断りづらい。

「山形県の資料がありますからこれを読んでみてください。新たに構築していくのも仕事ですから」

「でも、わからないことは誰に聞けばいいのでしょうか」

「私に聞いてください。たぶん答えられると思います。分からなければ調べます。エクセルは新採の飯野君に聞いてください」

どこの職場にも一人はパソコンの達人といわれるような人がいるものだ。新採君なら丁寧に教えてくれそうだ。パソコンの使い方は年下の若い者に聞くのに限る。

「できるでしょうか」

「そこをなんとかやってよ。徐々にやってくれればいいです」

「はい、わかりました。やれるだけやってみます」

所長は医師であり彼より二歳だけ年上だが、他の管理職よりかなり若い。保健福祉事務所は保健所即ち医療機関としての機能もあり、それで所長は医師であることが要件なのだ。長老たちの方が行政歴が長く年齢的なこともあり所長は腰が低くソフトなイメージだ。威圧的ではないが、押し問答になりかけたところで引き下がらないと、気まずい雰囲気になりそうなので、不本意ながら引き受けたのだった。


彼はまず文書作成ソフトで、各学校に集計依頼する調査票の原型を作成した。ツ反の発赤径一ミリメートルごとに人数を計上する簡単な表である。とりあえずできるのはそれだけである。その後、所長からもらったモデルとする資料に、何枚も付箋紙を貼りながら黙々と読みふけっていた。おぼろげながら調査の概要を把握し、作業の青写真を作るために思案に沈んでいた。メモ用紙には思いついたことを次々に書き記していった。

ツ反の測定が発赤径一ミリメートル単位であるのに対しグラフで発赤径を表示する横軸は二ミリ刻みになる。こうなると一気に演算表を作るより、一ミリメートル刻みの集計表に一旦入力してから二ミリメートル刻みの集計表へもっていくよう、エクセル上で二段階に分けた方がわかりやすい。差し当たって必要なのが、全校分のデータ蓄積、グラフを作成するための表と、被検者数、平均値、免疫力がついていることを示す十ミリメートル以上の陽性者数、さらに三十ミリメートル以上の陽性者数を算出するための演算表である。ここまであらかたの構想を練り、一段落すると彼はほっと大きく一呼吸し、給湯室にお茶を注ぎに行った。デスクには雑ぱくなメモと付箋紙がべたべたと貼られた資料がまとめて重ねて置かれていた。

彼は、所長がなんでよりによってこの仕事を申しつけるのかとデスクを前に腕組みをしたが、いつまでもそうしていられない。これから彼の浅はかな頭脳はエクセルの画面とにらめっこになるのである。彼はアナログ的人間だと自認しておりコンピューターに深入りはしたくなかったが、これからの時代はどうもそうはいかないらしい。プライベートにはパソコンが生活にどう役立つのかわからず全く関心がないが、仕事となると話は別である。気が進まないが少しでも覚えておけば後々楽だろう。そんな彼に所長は慌てなくていいと言ってくれたので、腰を据えてじっくり取り組んでいけばいいと決め込んだ。

「この文書、所長名が入ってないですけど」とおっしゃるのは目の前に席がある工藤さんである。

「さすが、入れておいてください。すいませんね」

入れなくてもいいと思った上での文書だったが、細かいことの小言に付き合うなど真っ平ご免なのであっさりと応えた。そして「ありがとう」と真っ向から言い放った。

彼は何でもいいから「ありがとう」と言えば丸く収まると思っている。

「OAルームに行ってます」

「OAルームで遊んでいてはダメよ」

小姑のような工藤さんが意地悪そうに言った。彼はそう言われて一瞬憮然としたが、

「いや、それが見てわかるとおり仕事なんですよ」

彼は、工藤さんの視線の前にペンとノートを差し向け言い、また「ありがとう」と一言付け加えると、挑発に乗るまいぞとそそくさとOAルームへとずらかった。

この前は「私、市内出張してくるから、昼近くになったらポットの電源入れておいて」と馴れ馴れしく媚びたように言うのには、辟易してしまった。「よりによって、そんなこ

とこの俺に頼むことはないだろうに」と彼はスルーしていたら、誰かが電源を入れてくれたようだ。言いなりになっていたら、小姑は味を占めるだけだ。

同僚の小姑ときたら、何でも仕事は拒否せずやるが、相手のことはお構いなしにずけずけと言うタイプだ。上司にも冗談や皮肉を平気で言う。厚かましいにもほどがあると思うことがあるが、なにせ強《した》かである。口が達者なうえに強引にひとを振り回している。苦手なタイプにはどうも態度が雑になってしまうというか、ペースにはまらないことだと注意している。席は目の前だというのに、その存在は土用の日のうなぎ料理店のようにその時期にならないと行かない場所とほぼ同じだ。

ある哲学者が言っていた「人間は一人一人顔が違うように、まずもって個性的な存在なのだから、道徳性さえ培われていれば、個性的に生きることを担保すべきである」などという大げさなことを小姑相手に考えてしまうのだった。

彼はどうも仕事になると他人の考えを押しつけられることへの拒否感があり、筋の通らぬことを言う相手にはついつい押し返してしまう剛直さがある。自分のものさしを他人に押しつけたりはしないが、その代わり規則の枠内という限界はあったにしても、できる限り仕事は好きなようにやらせてくれというタイプだ。ところが、小姑を前にすると、剛直さも鳴りを静めてしまう。かつて杓子定規なことを言う同僚とのわだかまりが異動で離れるまで続いたことがあった。もつれた糸は解すのに根気がいる。それで今の同僚の小姑とは、気まずくならないよう、ちょっかいをどうかわすか、いかに丸め込むか、いかに妥協するかがいつも課題となっている。これも熟練が必要だ。

総務課の片隅にある荷造り用の麻紐は残り少ない。残り少なくなると、きちんと円筒形に巻き込んであったものが、形状がうず巻き状にくずれ、そこからあたかも紙にボールペンでごちゃごちゃと試し書きした跡のように紐が乱雑に溢れ出している。溢れ出した一本の紐はもつれ合っているような状態で使いづらい。紐に弄ばれているかのようで、もつれていては何でもやっかいである。

ＯＡルームは一階の手狭なオフィスの一角にある。パソコン五台、コピー一台、輪転機一台、書類整理用テーブルがある。ブラインドがパソコンの画面に日差しが掛からない程度に下げてある。パソコンは一台をツ反サーベイランス用に確保していたので、その指定席に腰を下ろし、ウィンドウズ98を立ち上げた。三カ月前にエクセル研修を受けているが、その後は全く使用していないので、使い方はもう忘れかけている。しかし、テキストを読むのはまどろっこしかった。基本操作はわかっているのでさわりながら一つ一つ覚えていくのが面白いと思った。「習うより慣れろ」なのだ。幸い時間に余裕があるので、テキストは極力使わずパズルを解くがごとく、エクセル探求の旅に出ようと意気込んでいた。メモとペン片手に自分で地図を書きながらである。ゲーム感覚でチャレンジしようという動機づけでわき目も振らずパソコンに取り組むのだった。

以前、県民生活課に配属された時、消費動向調査の集計でウィンドウズ98より前のパソコンを使ったことがあった。それを初めて使った時は、データ送信やらバージョンアップやら細かい手順に辟易した。パソコンを使うのに免許でも要るのではないかと思ったほどだ。IT用語もちんぷんかんぷんで何か尺貫法で仕事をしているようで悩ましかった。しかしこの段で、パソコンは取っつきにくいなどと嘆いていられない。パソコンという列車に乗って行けるだけ行くことだ。

まず、うろ覚えの知識を本物にするためには、使用方法のチェックから着手する必要があった。手始めは小当たりにエクセルをいじってみた。そこには、時折パソコンにぶつぶつと小声で話しかける姿があった。まず、ツールバーボタンの左端の「新規作成」からカーソルを並列してあるイラストの順番に合わせていく。合わせると日本語表示が現れる。なんと親切なことか。「コピー」のところは試しに123と数字を打ち「コピー」をクリックし、貼り付けをしてみた。

「ちゃんとコピーできている!」と呟いた。

些細なことではあるが初心者とすると感動である。日本語で「やり直し」と表示されてもボタンはクリックしても反応しない。ボタンが白抜きで使用できないということか。使用できれば便利そうな機能である。「ハイパーリンクの挿入」はイメージが起こらない。スケートリンクのことではない。ハイターという洗剤があるが違うことは誰でもわかる。何かとリンクしているということか。浅知恵で深読みしたところで深みにはまるだけだ。おそらく使用しなくて済むのではないか。無視するのが一番。下手な考えは休むに似たりだ。不用なものまでいちいち覚えようとしたら混乱するだけで先に進まないのは目に見えている。

パソコンは小さな箱の中に道具が嫌というほど詰まっている。道具はその目的のために使って初めて有用である。その道具探しが初心者には容易でない。

「オートSUM」をクリックした。「=SUM」となにやら関数式が出てきただけだ。

「手順が違うのか。オートSUMをクリックしてから数値入力でなく、数値入力してからクリックか。どっちだったか」

適当に数値入力して「オートSUM」をクリックした。

「おお、合計が出ている」

また一つパズルが解け、それをノートにメモしておいた。続いて「グラフウィザード」をクリックした。画面はグラフの種類を尋ねている。縦棒を選択、「次へ」クリック。「データ範囲を選択してください」とメッセージである。何もデータとなる数値を入力していなかった。

「うん、それもそうだ」コンピューターのメッセージに納得した。

キャンセルをして簡単な数値を入力して再度試みた。「グラフウィザード」クリック、グラフの種類は縦棒選択、「次へ」クリック。データの範囲指定だ。やるべきことがわからないが表のドラッグを何度か試みた。「範囲」に見慣れぬ記号やら数字が表示されている。次へ進もうと思ったら「次へ」クリックである。グラフが出てきた。カラーで見やすい。色はプリセットしてあるのだろうか。「系列」の項目をいじってみたがどういう機能なのかわからない。一応グラフはできているのでこれは保留で跳ばして「次へ」クリックした。「グラフのタイトル」作成画面である。仮にタイトル「ツ反」と入力し、リターンを押した。タイトル作成途中なのに画面は次に進んでしまった。「戻る」をクリックしてタイトル入力画面に戻った。今度はX項目軸欄にカーソルを合わせた。さっきはこれをやらずにリターンを押してしまった。X項目軸に「大きさ㎝」と入力、Y数値軸に「%」と入力した。「次へ」クリック。「グラフの作成場所」の指定である。「新しいシート」か「オブジェクト」の選択である。どっちにしようか迷っているとふと「次へ」ボタンが消えているのに気づいた。こうなると残る「完了」ボタンを押すしかないので、これで終了とみた。二つのうちどちらか選べばいい話なので、まず「オブジェクト」の方を選択して「完了」をクリックしてみた。シート上のデータの傍らにぱっとグラフが現れた。まるでそこに初めからあったかのように。「おお、できた。これはグラフですね」彼は「やった」と言いたかった。格子状のシートにオアシスでも見たかのように、試作とはいえ労作のグラフが彼は単純に嬉しかった。

　これでグラフ完成であり、一応グラフの作成手順は掴めた。この手順で実際の大量データも手間なくグラフ化できるのかと思うと、エクセルは賢いやつだとえらく感心した。

　しかし目的とするグラフ作成にはいやが上にも修正作業が必要になる。グラフをアクティブにして、各種タブを開き試行錯誤を繰り返し機能を把握していった。グラフの大きさを変えてみたり、目盛りを変更してみたり気の向くままにいろいろやってみた。最初は修正方法も満足にわからず途中でわからなくなりやり直す時は、面倒だが一旦閉じて新規作成から始めることを繰り返した。出口のわからない駅をうろうろするよりスタートに戻った方が早い。矢印のカーソルが十字形になったり、その使い方も初心者には戸惑う。なんとか深読みしようとしても埒があかない。行き詰まると新採君に手助けを求めた。新採君は行政職だが工学部出身なのでパソコンのことは喜んで教えてくれる。

手当たり次第にやっていると、さっきやったことが今度はできなかったりする。やっかいである。メモは必然になってくるし、できたものはサンプルとして保存しておいた。人の出入りが比較的少ないＯＡルームの落ち着いた空気が彼の集中力を高めた。誰彼に気兼ねすることなく仕事に打ち込めた。

エクセル操作を習得する旅はローカル線各駅停車の一人旅である。エクセルに明け暮れでは疲労が溜まる。途中からよく各駅でぶらりと降車するようになった。迷子にならないよう地図を作製するつもりで、一つ一つ操作方法の記録をつけ、自分用の操作マニュアルも作った。

「疲れたなー」

両腕を上げ寝起き様のように背を伸ばした。画面に呟くようにエクセルと相対していたから、コピーをしていた総務課の早川さんがくすくす笑っている。

「おかしい、さっきからなに独り言っているの」

「独り言じゃないですよ。パソコンに向かっているんだけどねぇ。てこずっていて」

それを言うと、

「やさしくしてあげて。パソコンに」と甘えるような声を出すので、彼はぞくっとしてしまった。

「この前昼休みに宝石店の新聞ちらし見ていたでしょう、クリスマスプレゼントですか」

この総務の女子職員は仕事ではとんちんかんなこと言うし、付和雷同なのに勘だけはいい。

「そんなことはないです。憧れだけ」

こういう話は尾ひれが付きそうなのできっぱり否定した。

彼はイスに仰け反り、やっとここまでこぎ着けたかと一息ついた。このまま続けると肩が腫れ上がりそうなのである。エクセルについてはなんとか目途がつきそうであった。画面にしがみつくのを止め、ペースを落とした。仰け反りながら片手でキーを打つという姿勢でゆるゆると操作を続けた。「ウインドウの並べて表示」、「ウインドウの枠固定」などの便利機能も発見した。初心者コースであるが迷路からどうにか脱出できたという感じだ。あとは大道を行くのみだ。気が進まぬままに取りかかったパソコンであったがある種の達成感と共に、煩雑と思っていたパソコンは結構使いやすく進化していることに感動した。

仮初めに作成したグラフであるが、様々な機能によって彩られたグラフである。この作業を通し、パソコンの具体的な使用方法と機能が明らかになったのである。エクセルの存在意義を見い出し、ウィンドウズの功績を納得するに至ったのだった。

そして、巧みな工夫を体感したカラー仕上がりのグラフの出来映えを、雨上がりの虹を愛おしむようにつかの間楽しんだ。

「やだー」また彼の背後から総務の女子職員の裏返った声がした。

「どうしたんですか」彼は座ったまま椅子を声の方向に回し尋ねた。

「紙が詰まっちゃたの。Ａ４のトレーで十枚も。取り除いたけどまだエラーで」

見るとコピーの操作パネルにエラー表示が点灯している。操作パネルをじっと見ながら何をしたらいいか考えた。

「紙詰まりは取ったのにまだ赤ランプ。おかしいでしょう」

「本当だ。メニュー押してみる」

「うん、やってみて」

「じゃやってみるよ。本当にいいのかな」

押してみると操作パネルがセット完了となった。

「これでいいんじゃない」

「ありがとう。これあげる」とクールミントのキャンデーを一つくれた。

コピー機相手にじゃれ合っている場合じゃない。キャンデーを口に入れるとさわやかな風味が広がった。エクセルが使えるようになれば、なんだかんだと言われっぱなしの同僚の小姑に「なに、グラフも描けないの、こうやればいいいんだよ。簡単じゃない」と見返せる。しかし、それを言ったところで引くような小姑ではないのである。


若手の須永君が総務課に用があって来たところを、同僚の小姑の工藤さんに足止めを掛けられた。

「この前出してもらったこの統計表、集計の仕方が違っていると思いますけど」

「すいません。違ってましたか」

「ここは、ここところの合計になるのよ」

「そうだったですよね」

「少しは、確認してください」

「すいません」

須永君は礼儀正しく、愛想よくいつも笑っている印象のある、小柄な二十代半ばの青年だ。人畜無害といった話しかけやすさがあり、気の強そうな工藤さんはその穏やかさがお気に入りのようで、よく目にかけている。

「そういえば、この前の日曜日駅で見かけたけど。どこ行ってきたの」

「千葉まで行ってきました」

「お母さんと一緒じゃなかった」

「そうです。東京の買い物に付き合わされちゃって。僕はついでに千葉でクルマ見てきました」

「クルマなら誘ってくれたらよかったのに」と彼が話に割り込んでいった。

「買い換える予定なの」

「ないけど、見に行くだけでもいいじゃない」

「じゃ、今度」

「今度どこまで行くつもり」

「地元ですよ」

「遠くまで行かないの」

「もう、行きません」

「ねぇ、今日昼ご飯みんなでいつもの中華料理屋で会食するのよ。課長や小林君も行くけどどう」と工藤さんが昼食に誘った。

「鈴木さんもですか」と返事をする前に振ってきた。

「ランチセンターの弁当頼んじゃってさ」

「僕は、お昼用があるんですよ」体よく断った。

中心メンバーは仲良し奥様方である。ショッピングや旅行や料理の話にさぞ花を咲かせることだろう。しかし、この奥様方に難癖つけたいのは旦那の不満をぶちまけに仕事に来ているようなところである。家で旦那といざこざがあったりすると、職場でお喋りをして厚かましくも鬱憤ばらしをしている。

「昨日家に帰ったら仁王立ちよ。帰りが遅いって」

「日曜日は部屋でごろごろしていて、買い物くらい付き合ってよと言うと、行ってやるからさなんて態度なのよ。嫌ね」

「うちのは買ってくるネクタイみんな同じようなのばかりで、何も考えなしで買うのよ」

等々と。彼は職場で亭主を論うのはやめてほしいのだ。純情な彼といっていいかわからないが独身男性とすると耳が痛いのである。

「そんなに言うなら別れたらいいのに」と傍で聞いていていいかげんうんざりして口をついて出たことがあったが、その時は何言うのよとばかりにむっとした表情をした。どうも言っているほどのことではないらしい。女はわからない。ある先輩に聞くと、

「本気で不満をぶちまけている場合もあるだろうし、ご愛想で楽しんでいることもあるし、妻とすると皮肉るのを真面目に受け取らないで、冗談で受け流してってことよ。俺なんか仕事一途で来たからそれができなくてね」

「ふーん」

彼は思わず腕組みをして聞き入った。

「この前なんか、正直に話してよなんて言うから、正直に話したら、家出ていってよだっ

て。言うもんじゃないね」

「はっはっは」笑うだけだった。

その話に、彼は本当におかしな話だと腹を抱え込んだ。

そういうものかと、夫婦の一端を覗き込んだようだった。それでも難儀である。未婚だというのに結婚生活に幻滅しそうであるが、いちいち気にしていたら婚活という現実に水が入るばかりである。あるいは、そこそこの相手と結婚できればそれがいいのかもしれない。共に恥のかき合いになりそうである。それにしても結婚相談所にあった夫婦円満のための十カ条を、職場の奥様方に当てつけがましくもデスクマットにはさんでおきたいところだが、そんなことをすればおかしな言いがかりをつけられるだけであろう。奥様方相手に下手な考えは起こさない方がいい。


彼に〝掃除とは何かを学ぶ会〟から連絡があった。今度の日曜日に国道の立体交差になっている市場付近の陸橋の下を掃除しますとのこと。そこは、確かにクルマで通行すると、ビニール袋に入ったゴミが放り投げられているのが目立つ。信号待ちの間にゴミを捨てているようだ。陸橋の下だから捨てても誰も見ていない。ゴミが散らかっていると、またそこに捨てる人がいる。絶対きれいにすべき場所だ。ボランティアは趣味ではないが、平日は仕事場と家を行ったり来たりしているだけで単調な毎日を送っているので、話のネタにでもなるかと思い、また断る理由もないので参加させてもらうことにした。

集まったのは、二十代の若者から六十代の夫婦まで七、八人いた。しかし、その日は思ったよりゴミの量は少なかった。公道だから定期的に自治体が掃除をしているのだろう。それでも、二、三人ずつに分かれ、側道の道路端から、高架下の金網が張り巡らされた柵を乗り越えて、柵の中を空き缶やたばこの吸殻など小さなものまで、丹念にゴミ拾いをした。どんなにかき集めても大した量にはならない。ゴミを拾い歩くより探し出すのに一苦労するのだった。前回のトイレ掃除からすると少々物足りないくらいだった。

終わってから参加者全員に日頃の掃除ボランティアのお礼ということで、会長からという一足早いクリスマスプレゼントをもらった。その後近くのファミレスで朝食を摂り解散となった。来月からは、いつもどおり第三日曜日の朝六時から一時間ほどＪＲ駅のトイレ掃除をしますからぜひ来てくださいと。朝寒そうだけど家から近いので参加してみることにした。

家に帰ってクリスマスプレゼントを開けてみると、星やツリーの形をした一口チョコの詰め合わせとおまけが入っていた。

さっそくチョコレート一個で口に甘さをたたえながら、おまけを開けてみた。リボンをほどき袋から取り出してみると、クリスマスツリーに象った厚紙製でプレート状の代物である。緑色が施されて、中央に小さな紙が貼ってあるだけで素っ気なかった。紙には「オルゴールです。はがして使ってください」とだけ印刷されている。こんな単純なものでもオルゴールなのかと思いながら、無造作にシールをめくってみた。丸い穴が開いていた。穴が目に入るや否や不意に穴からクリスマスが飛び出した。いや、クリスマスメロディが飛び出した。彼は後ろから肩をたたかれた時のようにびっくりした。間をおかず、試しに再び穴を紙で覆った。メロディは止まった。今度はちらりとめくってみた。やはり聞こえてきたのはクリスマスメロディだった。確かにおまけのクリスマスツリーから聞こえる。見た目には味気ないオルゴールである。しかし、切り絵で作るようなツリーの厚紙から、クリスマスソングのメロディが流れてきたのが面白かった。スーパーのガラガラポン抽選会で五回やったら二等の青玉が二回続けて出て、めんつゆが二本当たった時のように面白かった。

子どもの頃のまんがなら、ハクション大魔王が呼ばれて飛び出てくるが、二十一世紀はクリスマスメロディが軽快なテンポで飛び出てくる。中にＩＣチップが入っていて光に反応するオルゴールだと察した。光に当てるとクリスマスソングがメドレーで流れる。「ジングルベル」に「サンタが町にやってくる」、そして、「赤鼻のトナカイ」だ。スーパーの店内に流れるクリスマスソングはいつも聞き流しているのに、この時は一人でオルゴールを手の中におさめ、おもちゃの音に聞き入った。

冬の寒さを忘れるほど軽快なメロディが空気を震わせ、彼の心に響いてきた。これも誰かのことを思えばこそなのか。それですっかり気に入って、目をつむりリズムをとりながら繰り返し一人で聴き続けたのだった。ハイテクはぜんまいを巻かずに済むのが手軽でいい。

ボランティアは仕事に余力があり、付き合いで物好きに誘われるままにやってみたのであるが、ちょっぴり遊べるプレゼントに、にんまりとした。このオルゴール彼女ならなんて思うだろうと興味を持った。これもプレゼントなんだ。その場でクリスマス気分が味わえる。彼女にも見せてみたかった。

# 第四章　恋　詞

彼女とランチを共にした。ランチは久しぶりといいたいのだが、長い歳月を経ているのではなく、二、三週間ぶりである。クリスマスをどう過ごそうかと決めるのが密かな目的だ。最初彼女は、学校の話をしてきた。

「校長が、ああだこうだと細かいことを言ってくるので疲れちゃう。やらなくていいようなことが多くて。残業は増えるし。前の校長の時は、もっと早く帰れたのに。まったくもうって、みんなで敬遠しているけど」

　彼女の愚痴だ。そんな上司の問題はどこへ行ってもある。命令する方は好きなように命じるが、細かいことは誰でも嫌なものだ。ぬかるみのできた道をわざわざ足の踏み位置を見つけながら歩くようなもので面倒くさいだけだ。不要な仕事は取り除き、効率的に改善したいのだ。

　彼もかつて同じような経験はあった。細かいことを言う上司に当たると、仕事の面白みが失せる。自分は何のために働いているのかわからなくなってしまう。

　以前の職場で彼の所属する部署に新しく係長が異動してきた時のことだ。初めて係長になったということもあって、ずいぶんと肩に力が入っていた。書類の整理の仕方について、細かく注意された。それまで通っていた書類に注文をつけてきた。彼としても担当業務に慣れていたし、彼なりに上司や関係者と相談し台帳や書類の見直しをしてきた。だからいちいちうるさく言われると、もっと任せてほしいと哀願すらしたくなった。その係長は細かい書類チェックだけが売りで、それで一人満足しているだけなのだ。お陰で、形式だけで中身のない仕事を為さざるをえなかった。稟議書には不用と思われる書類まで否が応でも全部添付しろという。無駄な時間と経費を費やすだけである。小さな会議でも、座席図に挨拶文や進行表を作れという。その係長は自分勝手なところもあり、月報の分類が違っていたから、今から直してくれと言われそれで残業になってしまう。残業をして仕事をこなすことを当然と考えているのだ。その時は、係長は課長から指摘を受けて訂正を求めてきたものだから、日頃の不満もあり、思わず「係長これでいいと言ったじゃないですか」と口走ったことがあった。その時係長は不機嫌そうな顔をしていた。どうして部下に任せられないのか、意固地な上司の思いどおりにやるなんていうことは仕事に乗りがなくなる。毎日うんざりするだけである。こういう上司の時はおべっかも使わずなるべく距離をとり、一、二年の付き合いと割り切って通り一遍に留めておかないとやっていられないのである。

苦言を呈したいことはままあるが、ほとんどは何も言えず終わってしまう。せめて同僚とぼやき合うだけだ。進言することは容易ではない。しかし言おうが言うまいが時は移ろいゆく。取るに足りないことなのだ。つまらぬことに関わると大切なことを見失うではないか。

それにできないものはできないし。彼は残業をしないようにせっせと仕事をこなし、できる限り余裕をもって仕事を終わらせているが、余裕があるとすぐ仕事を押しつける同僚もいる。なんでも受けては身体がもたない。彼女の言葉を借りれば「まったくもう」なのである。

「私のところも、以前は同じような上司がいましたよ。今の上司は細かいことには、口出さなくていいけどね。同僚は、個性的なのが多くて大変だけど。主張が強くてね」

「私はいいかげんだから、どうでもいいと思いながら仕事しています」

「まぁ、しょうがないんだよね。でも、どうでもいいと言いながら続けているんだから、それなりにやっているんでしょ」と持ち上げた。

彼女が愚痴を言いたくなるのもわかる。それに、息子と二人暮らしで、家では愚痴をこぼす相手がいないのだ。

「私、学校には、生徒をからかいに行っているようなものなんです。校内でカップルを見つければすぐ冷やかすし、犬に眉毛を描いちゃうし。すぐケラケラ大笑いするし」

彼女はにこにこと笑い、「ケラケラ」には彼もつられて顔をほころばせ笑った。彼の目にはいつも落ち着きはらっているように見えるが、女性同士だとかしましくなって大笑いしているのかもしれない。

「犬に眉毛描いて文化祭で芸披露するといいよね。勉強教えているのかとばかり思っていたけど。教えてないの」

「生徒の作業所の仕事を見つけたり、営業みたいなことしてるの。でも、来年から英語も教えろって、校長が」

「先生をやってくださいって？」

彼は仕事の方は、少々マンネリぎみだ。以前の係長と違い、大方自分の裁量でやらせてもらっている。今の仕事は手持ちぶさたなことが多いせいか、たまに何か問題などがあると、その対応に張り合いが出てくるのだった。

「ねぇ、そろそろ忘年会の季節になりますよね。私お酒の味わからないし、飲み会なんてほんとうるさいだけで、上司に愛想をふりまいたり、説教されたり、たわけてますよね。うふっ」笑ってさらに続けた。

「飲み会に使うお金で、洒落たお店で美味しいもの食べた方がどんなにいいかしら」

彼女はよっぽど食べることが好きなのだろう。

「確かにねぇ、酒のどこがうまいかわからないな。上司と飲むと気を遣うしね。悪酔いしそう。仕事終わってまでって。口がちょっと滑ったりしてね。だけど飲んじゃえば上も下もないんだろうけどね。多少なら無礼講もありで。後はひたすら腰を低くおべっか使いまくるとかね。それも酒の席の余興の一つってことで。いいんじゃないですか。そうでも思わないとねぇ」

彼は親譲りでざるでアルコールを切るように飲めるが、うまいとは少しも思わない。その辺の話はもう少し先に持ち越そう。彼も適当にその場限りの騒ぎの輪に加わって、一次会で退散したい口である。職場の忘年会ともなると、半ば強制的におしなべて出席となるが、酒や宴会の雰囲気が嫌いな者にとって無味乾燥なことである。

次第に彼は言葉少なになってゆき、それがクールな態度にも見えるが、決してクールなのではなかった。クリスマスの話を切り出すタイミングを見計らっていたのと、どんな口調で誘い出そうかなどと考えていた。徒に時間だけが過ぎていくうちに意外にも彼女の方から仕掛けてきた。

「私もうクリスマスプレゼント買っちゃった。私の英会話教師の分と一緒に」

彼はにわかに気持ちが小躍りした。もう彼女がクリスマスの準備をしている。込み上げてくる嬉しさは顔をゆるめさせたが、気持ちを落ち着かせて言った。

「私なんですけど、これからじっくりとプレゼント選ぼうかなと思っていて。今度の土曜日がちょうどクリスマスイブだからその日にまた食事でもどう」

その日は英会話塾は休みで、他に予定が入っていたが、変更してくれると言ってくれた。

彼女のオーダーしたレディースのセットメニューは、パスタが小盛りである代わりにショートケーキが付いている。彼女は「半分あげる」と言って二つに切ったケーキの載っ

た皿を差し出した。体よくカットされているが大きさが違うので、軽いつっ込みを入れると、
「大きい方でいいわよ」と当然のように言ってくれた。彼女の息子なら大きい方を取るはずで、彼も「じゃ遠慮なく頂きます」と言って大きい方に手を伸ばした。

「クリスマスプレゼント買っちゃった……」その一言が彼を駆り立てた。それから、市内のショッピングモールを喜悦の表情で走り回った。この歳になっても彼女へのプレゼントとなると買い物が楽しくなっていた。まだまだ若さは十二分残っている。

ショッピングモールの行ったことのないコーナーへ足を運んだ。壁のディスプレーやショーケースの中をのぞいた。陳列してある商品の一つ一つを興味深く見ていった。ブローチなんか彼女は好んで身にしそうだ。実用的にバッグにしようか。部屋のアクセサリーもいい。大人っぽいおしゃれにスカーフもよさそうだと思った。関心を抱いている間、何人かの買い物客がレジを済ましている。あれこれ眺めているうちに全部欲しくなってしまった。そうなったところで諦めて次の場所へ行くことにした。クリスマスコーナーや専門店いろいろ見て回ったが、値段は少し奮発しようと最後宝石店に入りネックレス

に決めた。ダイヤモンドは永遠の輝きで君の輝きなどと、いつになく浮かれ気分だった。ダイヤを贈りたかったが、それはプロポーズでもした時なのだ。彼はクリスマスとしてそれ以上でもなく、それ以下でもなく過ごしたかった。ネックレスもいろいろあったが、あれこれ見比べた末、手工芸品のペンダントが目についたので、それを買った。でも、月のデザインだったのでちょっと渋かったかなと思った。彼女のことを思いながら選ぶことの難しさを味わって、別の売り物に目をやりながら店を出ていった。

それに、家にいいものがあると彼は考えていた。これに掃除ボランティアでもらったオルゴールを付けて渡せばいい。あれはきっと受けそうなアイデア商品なのだ。使わない手はない。さらに、思いついた。いい使い方がある。ただ渡すだけではなく少し面白くしようと。ちょっとビックリさせたいと考えた。あのオルゴールはクリスマスにワンポイント添えてくれる面白いご褒美だ。

プレゼントは買ったが、席の予約はしていなかった。彼がねらっていたのは、市内中央を横切る渡良瀬川沿いにあるホテルの最上階にある展望レストランだ。昼なら予約なしで入れると思ったので、彼女に昼でどうかなと電話で聞いたら「それでいいわよ」と言ってくれた。彼は昼でも夜でもいい、たまたまクリスマスイブが仕事のない土曜日で昼が空いていたので何も考えることなくランチにした。

クリスマスの日は、晴れた穏やかな日になった。とはいっても、冬の日差しではコートは必需品だ。いつもの場所で、待ち合わせをして、レストランへ向かった。クルマには、少しはクリスマスの思い出になるかと思い、ほとんど手のかからない簡単な仕掛けをした。手がかからないとはいえ事前にちゃんとぬかりないようリハーサルをしておいた。彼なりにクルマというちっぽけな空間の中に二人のクリスマスを作りたいと下ごしらえをした。

「このクルマ今日はクリスマスバージョンにしてあるんだけど。わかる?」

「えっ。どこ」

彼女は、即座に後部座席に目を向け、続けて周りをきょろきょろ見回した。

「いつもと、変わりないじゃない。クリスマスツリーのレプリカでもあるのかと思ったら」

「クリスマスツリーじゃないんだよね。あちこちよく探して」

「どこ。かくしてあるの」

「じゃ、ダッシュボードを開いてみて」

「こんなところに。何が。えー、クリスマスソングだ」

ダッシュボードのグローブボックスを開けると光に反応してオルゴールが鳴った。してやったりだ。彼は喜悦の表情になり、クルマの中はクリスマスソングの音符のパレードが始まった。彼女は初め状況が掴めないのかきょとんとしながら聴いていた。

「ダッシュボード閉じてみて」

「あら、音楽が止まった。どこかで、スイッチ押してるの」

「ただ、そこ開けてるだけ。中にあるのは、光センサーの付いているオルゴールなんだよね。オルゴールには見えないけどね。景品でもらったんだ。よかったらプレゼントします」

「面白いわね。景品って、雑誌のおまけね。息子は雑誌のおまけが楽しみでよく買っているわよ」

話が彼女の独り合点な方向に向かった。彼は笑みを浮かべながら聞いていた。

光の入り口は音の出口でもある。彼女はオルゴールを手に取り、カタログのページをめくるように出口をふさいだり、開けたりを繰り返した。それに合わせメロディが流れたり、止まったりしている。弾む音符は彼女の笑みを誘ったが、状況を掴めたとみえて静かに聴き入っている。何か言葉を発したわけではなかった。助手席には彼女がオルゴールを手にしていること以外、特段の変わりない風景が戻っていた。

「オルゴールの丸い穴からハクション大魔王でも出てきたら面白いと思わない」

「やーね、おばさんには懐かし過ぎるわ」

「おばさんじゃないでしょう。私、おじさんだけどね」

「でも、それ狙っているでしょう」

「狙ってない。どうせなら熟女とか」

「下心があるの」

上目づかいに彼の顔を覗き込むように冷やかに言う。彼女のそんな仕草は今までにない一つの発見だった。

「それもない」

つかの間みだらな気持ちにさせられたが、あくまで冗談で通そうと、視線を右前方に逸らしニコニコしながら否定した。そして話題も逸らした。

「持って帰って、子どもと一緒にそれで遊んで」と、息子は母親と遊ぶような年齢でもなさそうだが一言付け加えた。これでどう遊ぶかは別として、このおまけで一緒に遊びたいと思ったのは実のところ彼自身だった。子どもでもないのに。

どこも寄り道をしなかったのでランチタイムには、目的とした展望レストランに着いた。ここは、彼は初めて入る店だった。フランス料理の店で、夏は屋上ビアガーデンを開いているが、ビールのつまみも洋食なのが売りのところだ。入り口でコートをウエイターに渡した。ちょっと本格的な気分だ。他には家族連れの客が二組いただけで、彼らは窓際の席に案内された。メニューを見ると、値段は手頃とはいかないが、東京の一流ホテルと違いそれほど高くもなかった。彼はセットメニューで、好きなものなんでもと勧めたが彼女は単品でいいと、鮮魚のポアレ貝類ソースとサラダを注文した。今日はディナーではなく、彼女はアルコール類を嗜むわけでもなく、ワインはなしだけどそれで十分であった。

さて、いよいよプレゼント交換だ。彼女のプレゼントって一体何だろう。彼としては、どうせ貰うならネクタイが欲しいと密かに期待していた。席がウエイターの立つ近くだったからだろうか、彼女はそっとわからないように、テーブルの下からプレゼントを渡した。なにか滑稽であったが、彼はオーソドックスにテーブルの上からそっと渡した。

「ありがとうございます。開けてもいい」

「どうぞ」

「あら、ペンダントね。素敵ね。ありがとう」

「そのペンダント月のデザインでちょっと渋いかなと思ったんだけど、夜のお守りにでもしてもらえればいいかななんて」

夜のお守りとは広々とした家で夜が物寂しいのではないかと、買ってから捻り出した言葉だった。

「へー、嬉しい。大事にします」

短い言葉に感情が注がれているのがよく見て取れた。

「ありがとう。私の方も開けていい。開ける前に中身教えてもらってもいい」

中身教えてとは、プレゼントを開ける嬉しさのあまり言ったことであるが、雰囲気のないことである。

「うーん。でも開けてみて」

クリスマスの彼女からのプレゼントだ。わくわくしながら包装を解いた。箱の形からしてネクタイでないことは瞭然としている。はたして何だろうか。包装の中を想うより早く手は動いた。

「あ、ＣＤだ。ビートルズのベストＣＤなんだ。最近発売になったやつだよね。ビートルズは高校時代シングル版を買って聴いていましたよ。小遣いじゃＬＰは買えなかったけどね。好きな曲ある?」

ケースの表側を眺めながら言い、裏返して見れば、裏側には曲名がずらずらと並んでいる。

「イエスタディかな」

「イエスタディいいですよね。カラオケでも歌ったことあるし。今度正しい発音教えて」

「この後カラオケでも行きますか」

「いいね。得意なのは、ド演歌なんだけど」

「私、ハンドベルで歌いたい」

「何そのハンドベルって」

「学校のクリスマス会で私のクラスは、ハンドベルで『きよしこの夜』を歌ったんです。うちの子がハンドベル得意で、おかあさんこうやるんだよって教えてくれて」

「聴きたかったな。努力の成果。今から呼んでこの場でやってもらうとか。だけどそうやって音楽の指導するのって難しんでしょう。学校っていろいろやってそうだけど、他には何かない。遠足の話とか」

「私ってばかなんです。学校の遠足で行く遊園地に、前もって下見に同僚と行ったんです。行ったら休園日だったんですよ。月曜日だったんですけど。せっかく行ってなんにもならなかった。しくじっちゃいました」彼女はにんまりと笑った。

「前もって遊園地側に、この日下見に行きますって言わなかったんだ。それじゃねぇ。でも、遠足の下見に二度も行けたんじゃいいよね」さらに今度は彼自身の話を続けた。

「そういう話なら私もありますよ。この夏市営プールに行って、水浴びしながら涼んでいたんですよ。その時水泳キャップかぶっていたんですよ。屋内だとキャップかぶるじゃない。そしたら、日焼けしたおでこに、水泳キャップの跡がくっきり残っちゃってね。しょうがなくて、日焼けサロンに行って、訳を話したらタオル貸してくれて、それで顔を覆って、おでこの白いところだけ焼いてきましたよ。三十分くらいだったかな」

笑って自分のおでこを指さしながら言った。

「意外ね。鈴木さんにそんな失敗談があるなんて」彼女はくすくすもう一度笑いだした。

いつしか時間は過ぎ、気づいた時には客は彼らだけになっていた。ウエイターの姿もなかった。周りを気にせずまるっきり二人きりのレストランになっていた。見渡す各テーブルには予約の札が立っている。今夜は、お熱いカップルで席がうめられる。きっと若い男女ばかりなのだろうから、彼らは昼間来て正解だったようだ。窓の下には渡良瀬川のゆったりとした流れ、対岸には市街地、さらに山並みが連なる。展望レストランから見渡せるこの調和のとれた風景を二人だけでことごとく堪能できて格別な思いだった。彼女は学生時代を京都で過ごしているが、山地をバックに市街地が広がる風景は京都に似ていると言った。また、夕暮れ時に、夕日に照らされる渡良瀬川の風景もいいと聞いている。夜になれば、眼下にかかる中橋が緑色のイルミネーションで夜景もきれいだという。夜までずっといたい気分だ。

「このままねぇー。ずっとここ借り切っちゃうのもいいね」

「そんなにお金持ってないわ。それに今夜はカップルがいっぱいでしょう」

「それもそうだね。この辺で止めておこう」

初詣も控えている。年中行事は彼女と共に過ごしたかった。初詣の打ち合わせをして席を立った。

彼は職場の同僚に初詣のアドバイスを受けていた。行くことに意義があるからどこでもいいんじゃないの。デートを兼ねるなら大晦日から初詣で、あまりメジャーでない神社仏閣でゆっくりと、その後は寒いから暖かいファミレスで休息後初日の出がお勧めかな。初日の出のスポットは相手次第だと。個人的な趣向を凝らしたアドバイスだった。よく茨城の海まで初日の出参りに行くと聞くが、ここからでは百キロ以上あり、渋滞にも巻き込まれるだろうから候補にはなり難い。初めてのことなので一般的な路線で考えたいところだ。一応三日に初詣ということで日にちだけは確保して了解してもらった。

彼は友達同士のグループでクリスマスパーティはやったことはあったが、女性とツーショットでクリスマスとなると遠い存在であった。これだけでもいいねと頷けるクリスマスだった。クリスマス気分がもたらした高揚感と彼女の放つ小さな灯りで、一層プライベート感の立ちこめる場所へと彼の気持ちは誘われもした。男と女、そこで睦言でも交わしたい。契りを結びたいとの思いに揺れた。しかし欲情にかられても慌てることはなかった。今ここで、その類の直接的でプライベートな会話を持ち出すのは、性急過ぎると心得ていた。それよりも自分たちのこれからのことで、クリアすべきことを話し合うことが先決なのである。例えば、互いに扶養すべき家族のこととか。しかし現状は棚上げ状態であった。そのことで、何をどうひねり出したらいいか考えが及ばない。だから、彼女の放つ灯りは小さいままだった。

彼は年末に家の中に溜まった不要品の一掃をして、元旦は家でゆっくりと過ごした。至って簡素な正月で、特におせち料理は出さないが、雰囲気だけ雑煮とおとそはワンカップで元日の朝を過ごした。

二日は、中里が新聞ちらしでクルマの新春大売り出しがあるというのでクルマのディーラーを見て回った。外は冷たい北風が呻り飛ばすかのようにごうごうと身体に吹きつけ、天空ではひゅうひゅうと音をたて吹きすさぶ。雲は遠方の山陰にでも身を寄せているのか、頭上は強風に雲の出る幕はなく、青空が広がるばかりである。地上にある店の幟旗といえば、それは激しく波を打ち、ポールは横揺れしていた。肩を窄め、腕を竦め、襟元は堰を作るように両手でしっかり止めているが、北風はダウンジャケットの中まで吹き込む勢いだ。向かい風をまともに受けると前進するもたやすからず、自転車をこいで坂道を登る時のように脚力がいるのだ。中里はクルマから出ると駐車場を後ろ向きで歩いている。強風を顔で受けるより背中で受けた方が歩きやすいと思っているのか。

「後ろ向きじゃ歩きづらいでしょうに」

「どうも歩きづらいな。横向きの方がいいか」

「横だって、斜めだって同じだって。正面向いてさっさと歩いた方がいいよ」

こう風が強くては店舗までが遠くなる。夏の雷と冬の空っ風はこの地方の風物なのだ。こんな日は低気圧のいたずらで日本海側は大雪に見舞われている。温かい雑煮や鍋料理が食べたくなるような、この地方ならではの北風の強い日だったが、店が元スーパーの跡を改築した屋内展示だったので北風は凌いで見られた。わずかな距離だが、やっとのことで辿り着いた店内は外と違って客はたくさんいた。店では二〇〇一年にちなんで二〇〇一円のクルマが大サービスで売り出されていた。なかなか見られないアルファロメオのような外国車までたっぷり展示してあった。来場者にアルミホイールがもらえるというので、気前がいいなと引き替え場所を覗いてみると、なんてことはない台所用品のアルミホイルだった。だジャレで初笑いだったのかと納得した。明日はこの空っ風地帯から脱出だ。初詣は少し遠くまで足をのばすことにしてある。

初詣は一月三日に、浅草の浅草寺に初参りをした。交通手段は鉄道で、待ち合わせ場所は彼が乗車する東武駅の改札口のところにした。市内には東京へ向かう東武伊勢崎線と東西を結ぶJR両毛線が通っているが、市民はそれぞれ通称で東武駅、両毛駅と呼んでいる。

彼は改札の外で来客をお出迎えする気分でわくわくしながらホームを眺めていた。彼女はここまで普通列車で来て、特急に乗り換えるのである。

列車の到着予定時刻になった。大切なものをしまう机の引き出しをゆっくりと閉める時のように列車がホームにスライドしてきた。

列車から降車し、高架になっているホームから下りてくる人の流れは、一つだけある出口用の改札に向かって一つのかたまりとなって収斂《しゅうれん》していく。その雑踏の中にはんなりとした着物姿の女性を発見した。はっとしてよく確かめるとそう、彼女ではないか。できたら着物を着てきてと頼んでおいたら本当に着てくれた。淡い黄系の色合いのお正月らしい柔らかなイメージの着物だった。お正月の枕詞のつもりで「着物を」と言っただけで、つゆとも期待をしていなかったので誠にたまげた。嬉しさのでかさは言葉に表しようがなかった。和服姿の女性は数少ない。それがなおさら彼の目を引いた。彼女は清楚で和服がよく似合う。

彼女は脇目を振ることなく視線はひたと前を見据え、ちびちびとした歩調で改札を通り抜けた。そして、泰然自若として彼に気づかず通り過ぎようとする。通り過ぎようとする彼女に、彼はおいてきぼりにされそうな子どものように慌てぎみに立ち位置から歩み出し、彼女の横顔に向かってアプローチした。そして声を掛けた。

「斉藤さん。本当に着物で来るとは思わなかった。格好いいですね」

声を掛けるや否や言う由なく、和装の彼女に「格好いいですね」と極めてシンプルな言葉だけを飾りつけた。彼女は振り向くと口元を弛め小腰を屈めた。

「よく着付け教室っていうけど、着付けって大変なんでしょう」

「帯の位置合わせが大変なの」と胸の辺りを指して言った。

ネクタイを締めるだけでも長さ合わせに苦労することを考えると、察するにあまり多い。

「帯がきついけど姿勢がよくなるの。歩き方も淑やかになるし」

「うーん。そうだね」

普段猫背かといえばそうでもないが、見れば確かに背筋がしゃっきりしている。着物の円やかしさに相まって様になっている姿勢に、彼は思わず口元をほころばせた。

全席指定の座席の窓側に彼女、通路側に彼が座った。車窓の風景はのどかに広がる田園地帯から住宅地や間近に見るビル群へと次第に変わっていく。列車は風景を通り過ぎ、彼女の肩越しに見る風景は車窓を流れゆくにすぎなかった。彼女の和装はなんとはなしに彼をぼんやりさせた。車窓にはピントを被写体に合わせた、艶やかな彼女の着物姿があった。帯はふっくらとした胸の下からおしりまでの間をしっかりと巻いている。胸、帯、腰の柔らかさを引き立てるように巻かれている。帯留めの紐もお洒落なのだ。着物は身体と一体となっているかのように、彼女の白い肌を包み、エレガントにしっとりと柔らかみを醸し出している。彼は往路の車中、何を話すというわけでもなく、しばらくの間華やかな絵柄に目をやりながら、艶やかな着物姿にも見惚れるのであった。それだけで、なんだか絵心のある絵師が羨ましくなった。絵師にでもなって食い入るように見つめ肖像画を描きたい気分を秘めての車中だった。全席指定の特急は満席であったが、普通列車の長椅子と違ってざわついた気分に邪魔されずに済んだ。

のどかに流れる荒川を渡る頃になると、車窓の向こうに見える橋を行くクルマに特急が追い越される。北千住へ到着が間近なのだ。北千住では、都心へ向かう地下鉄の乗り換え駅になっているので乗客がぞろぞろと降りる。浅草まで電車一本で一時間少々もうすぐである。やがて浅草駅に到着を知らせる車内アナウンスが流れ、特急は滑らかに減速してホームに止まった。終点浅草駅のホームから駅を出ても雑踏は途切れることはなかった。ここからは人の流れに乗って歩いた。

「近くにあるよね」

「みんなについて行けば間違いないと思うけど」

二人は人波に乗ってしばし歩いた。外観が洋風の松屋がある。松屋は子どもの頃凄い高層ビルのように思えた。交差点のところには神谷バーがある。気がつけばまごつかずに雷門まで来ていた。誰でもわかる巨大な提灯がぶら下がって迎えてくれる。雷門のところには、いきなり創業安政三年を掲げる店がある。昭和風にショーウインドーがあり、扇子、タペストリー、置物が陳列してある。江戸城開城、明治維新、歴史上の人物を見てきたというのか。彼の思いは時空を超え「古い」と歴史的感慨を胸に抱いた。

仲見世は間口二間に棟割りされた店が左右に並ぶ。歩きながら軒を並べる店一軒一軒何の店なのか確認していった。祭り衣装を売る店がある。だんご屋がある。箸屋がある。千代紙屋がある。人形焼き屋がある。はたと煎餅の匂いが香しい空気の流れに行き当たった。思いっきり香りを吸い込み上手を見ると煎餅屋があった。彼女は「ちょっと」と言い、煎餅を一袋買ってきた。その煎餅は帰りの電車で分け合った。煎餅の香りの流れを横切ってから浮世絵が描かれたタペストリーの前で立ち止まった。

「気に入ったものがあったの」

「江戸の文化って初めて見るけどね。こういうことが江戸っ子の活力なのかな」

短く感想を言うとまた歩き出した。足早な都会の駅のせわしさがここにはない。歩きながらタペストリーの意味を彼女に聞くと、壁飾りだという。何語かと聞けば、「カタカナだから英語よ」と明解に答えてくれた。

賑やいだ人出で盛る中でも着物姿は少数派なのだが、それが一緒に歩く彼をくすぐったくさせた。彼女は落ち着いているもので、静々と歩いている。仲見世の終わるところにまた大きな山門があった。山門をくぐると参詣者のががやとした人だかりで、人込みに合わせゆっくりとした歩みになる。彼は、フード付きのコートを着てきた。

「このフードに参拝者の投げたお賽銭が入るといいな。なんて」

「へー。あなたも時々冗談言うのね」

それは、彼だってたまには言うのです。

「言ったところで一日一回くらいだけどね」

「今日はもう言わないの」

「そうかもね」

本堂まで来ると賽銭箱の前に立つ前に彼女は、前の列の背中越しに賽銭を投げた。

「もう、お賽銭したの。ここから投げたということは、お札じゃないよね」

「そう。チャリンて聞こえたでしょう」

「チャリン、チャリンて。よしそれじゃ」

彼も賽銭を投げ入れた。この際だから彼女への思いを祈ろう。ここで新しい年を新鮮な気持ちで迎えたこと、彼女と一緒だということで胸の中は満たされていること、この機を大事にしたいとの思いに口をもごもごさせ感謝に代えた。

「ねぇ。フードの中にお賽銭入ってない」

「福がいっぱい入ってる」

彼はあっぱれな返しに相好を崩した。

「じゃ、半分こにしよう」

初詣の後は浅草界隈をぶらぶらと歩き駅に着いた。途中彼女の薦めで人形焼きを父親への手土産にした。帰りの特急は正月の当日売りとなるともう満席かと思いながら、まず先に電光掲示板を見上げるといい具合の時間に空席があった。売り切れないうちに即座に特急券を手に入れた。特急券を彼女に手渡すと「ありがとう」と言って運賃を差し出してきた。「いいよ」ともったいぶって手を横に振って歩き出すと、後ろからすり寄って「少ないけどとっておいて」とコートのポケットに手を突っ込んできた。彼はさりげなくポケットの中の紙幣を取り出し、目をやりお年玉かと思いにこっとした。同じことをして彼女のポケットに返そうにも着物にはポケットがないし、袖に入れるのもなんだし、受け取らなければ折角の気持ちをほごにすると思いありがたく頂戴した。

車中では彼女から、離ればなれに暮らす長男の話を聞いた。まだ高校生だが長男の投稿が新聞に載ったことなど。父親に引き取られ暮らす長男には、毎日メールのやりとりをしていると。多様な思いが絡んでいるのであろうが母親の愛情はなにより尊い。

「長男は中学生になるとエッチな本を見だして隠しておくの。もうこんな歳なのかなって」

彼は「ふーん」と吐息に乗せて声を漏らした。唐突に思春期の子どものプライベートな話を持ち出されても返答に詰まる。

「ごめんなさい。変なこと言って」彼女はしんみりと言った。

「男だからね、そういうことはほったらかしにしておけば、かってに成長していきますよ。なんか親に見られたら恥ずかしいという気持ちが大事なんじゃない。恥ずかしいという気持ちが歯止めになると思うけどね。男の子だと親子で性の話なんてちょっと変だしね」

男として真っ当なことを言ったのではないかと自分では思った。

「そうですか」彼女は生返事で肯定だけした。

それよりも次男は小学校六年生だと言っていた。そろそろ恥毛が生えだす頃である。次男も「もうこんな歳」になろうとしている。

子どものことになると母親の顔になる。一緒に住む次男は英語スピーチコンクールの代表になったと。他に誰もいなかったので代表になったというが、代表であることには変わりない。

「英会話習っているなら、息子さんに誓いを立てさせるといいと思うな。市内に学校様と呼ぶ歴史的な建物があるんですよ。史跡になっていて、室町時代からかな。詳しいことは古いことなんでよくわかんないんだけど儒学とか、漢学とか、医学とか当時とすれば総合大学だったわけ。敷地内に孔子像とか孔子廟があってね。地元の人たちは、まず学校様のすぐ北に大日様といって、広い境内が市民の憩いの場にもなっているお寺があって、そこにまずお参りをして、身を清めてから学校様の孔子像の前で誓いを立てるんだよね。誓いだよ！」と、誓いだよを野太い声にして言った。

「誓いだってところがちょっといいでしょう。地元の受験生とか、起業家が志を立てて、孔子像の前でファイト一発みたいな感じで気合いを入れて。志は長いスパンで取り組んでいくようなのがいいんだね。すぐ目の前の目標で叶ったらそれで終わりじゃあまりよくないね。英会話勉強して親孝行し続けますとかがいいんですよね」とは彼の蘊蓄めいた口上である。

「いい話ね。ところであなたは何か誓いは立てているの」

「いや、私は別にね」あっさり受け流した。たとえ誓いがあったとしても、そういうことは胸に秘め人に言うべきことではないと思っている。

「そうなの。やっぱりね」彼女はいたずらっぽい目で笑った。

「やっぱりねって。どういう意味なの」

「やっぱりね」と言われても反論はできない。論語の世界に多少なりとも興味はあるが、そもそも論語を初めて知ったのは、市内の河川敷に建立された「渡良瀬橋」という歌名のアイドル歌手の歌碑と並んで建つ論語の石碑からだった。動機が興味本位なのだ。石碑からは、

子曰く、父母在すときは遠く遊ばず。遊ぶに必ず方有り。ありがとうとアイドル歌手の音声が流れてくる。この声に魅了された。

学校様は奈良時代から始まったと伝えられ、戦国時代も絶えることなく学徒を受け入れていた。戦国時代末期に今でいう校長職にあたる足利学校庠主は、徳川家に諸々学問を教示奉ることを任の一つとして預っていた。関ヶ原の戦にも随伴していた。

戦国時代も終わりを告げていた。応仁の乱以降百年以上続いた諸大名の争いは、秀吉が北条氏の砦小田原城攻めを最後にほぼ全国を制覇した。そして秀吉は、関白の座に就いていた。幕府を興さず関白として天皇を補佐し天下の政務を取り仕切っていた。民衆はやっと訪れた平和に浮き足立っていた。安土桃山文化として文化が栄え、楽市、楽座など商業発展した。

秀吉によって太平の世がもたらされようとしていたが、慶長三年秀吉が病に倒れて、

秀吉の天下はそう長く続かずに途絶えた。嫡子秀頼は、まだ幼く五歳だった。諸大名が肩入れしていったのは、幼少である秀頼よりも五大老の一人家康であった。幼い頃から人質にやられるなど苦労人である家康は人望が厚かった。戦で降参して支配下になったのと違い、家康についた諸大名は忠誠心が強かった。

これに不快を抱いたのが大老の下に身分を置く五奉行の一人石田三成だった。三成はとにかく気の利く武将だった。三成が近江の寺の小坊主だった頃の話である。秀吉が鷹狩りに出て、ある寺で一服した時茶を出した小坊主が三成だった。

「お召し上がりくださいませ」

小坊主は少し温めのお茶を出した。秀吉は一気に飲み干し、のどの乾きを癒した。

「うーん、うまい。鷹狩りの後で飲む茶はうまいのお。もう一杯頂けるか」

小坊主は、熱さ加減を見て、さっきより少々熱めのお茶を出した。

「うーん、うまいのお。天気はいいしのお」

秀吉は、ゆっくり味わいながら一口一口飲んでいった。そして、もう一杯おかわりすると、秀吉の様子を見ていた小坊主は、茶碗半分に味わう程度のお茶を差し出した。一杯のお茶にも丹精を込める。お寺の小坊主ならではの気配りだった。この小坊主の振る舞いが秀吉の目にとまり家来にしたのだった。

三成は秀吉にかわいがられ、天下統一のためその英邁さを買われ、どんどん出世していった。秀吉にとって、取り巻きに気の利く大名を一人置くことで安心していたが、三成は、武士を率いた戦での功績は取り立てて見るものはなかった。秀吉に味方する他の大名からは、戦で手柄のない三成が重用されることに不満も出ていた。

幼い秀頼に代が移った後、家康が勢力を伸ばしていったが、三成はそれを阻止したかった。家康が天下の横取りをもくろんでいると、豊臣方の大名たちに家康封じについて話を持ち込んだ。上杉景勝、毛利輝元、島津義久らは加担すると言ったが、福島正則、細川忠興、加藤清正らは異を唱えた。

一方諸大名は、律儀な家康を頼りにし、家康の勢力に取り込まれていった。しかし、その家康とて警戒したのが、会津の上杉景勝であった。家康に反発していた景勝は、大坂城での新年の祝賀に参席することを固辞した。不穏なる事態と踏んだ家康は上杉家を制圧すべく会津へと向かった。途中江戸周辺で足を止め物見遊山に興じていた。それは、三成に背を見せているわけで、三成がいつ家康に対し兵を挙げてもおかしくない状況だったので、一旦待ちの姿勢をとり事態が動いたらすぐにでも引き返す体制であった。そのために駿河や三河の主要な城は抑えておいた。
家康の思惑どおり三成は西軍を結成し兵を挙げた。島津、毛利、長宗我部など味方にして、まず伏見城を落とした。
この知らせを家康は、野州小山で受けた。心づもりのできていた家康は、即刻小山評定なる会議を開いた。時は七月二十五日だった。会議が静まりかえった時、福島正則が「石田を討つなり」と声に力を込め、正面を見つめた。家康は一致団結して石田軍と天下分け目の戦に挑むことを決起した。上杉に対しては実子秀康に指揮を任せることにし、家康は諸大名に参戦を促す書状を書きまくった。生涯これほど多くの書状を書いたのは、後にも先にもなかった。そして、各地から軍勢が結集した。
足利学校は小山から西へ八里ほどのところにある。決戦態勢の整った家康軍の中に学校様の当代庠主も加わっていて、軍師として指南役を仰せつかっていた。家康から戦における教示を求められ、
疾風に勁草を知り、板蕩に誠臣を識る　唐書
激しい風にさらされて初めて茎の強い草がわかり、国が乱れて初めて真の忠誠な臣下がわかる。

兵は拙速を聞くも、未だ巧の久しきを睹ず　孫子

戦いは多少の不手際は目をつぶっても短期に決着をつける方がいい。長期戦になれば、物心ともに消耗が激しく休戦にもなりかねない。世の安定も得られない。

このようなことを念頭に家康に、

「臣下は皆信頼できる者たちでございましょう。今こそ決着をつけるべき時です」と家康の後押しとなるようなことを啓上した。忍耐強い家康にとっても機が熟したのだ。

一方大垣城にいた三成は、家康率いる東軍が大坂に向けて直行していることを察知した。

家康の軍が迫ってきたところで三成は座したまま膝を叩き、

「明日朝、襲撃だ」檄をとばし立ち上がった。決戦場は関ヶ原になる。

三成率いる西軍は夜のとばりと共に大垣城をたち、関ヶ原に向かった。夕刻から小雨が降り出し、夜には雨足が激しくなっていた。全身ずぶ濡れになるほどだったが、敵の目につかぬよう暗闇を忍ぶようにのろのろと進んだ。暗闇を歩く目印は、長宗我部盛親の陣取る山の篝火だった。しかし、この西軍の移動は夜半過ぎ伊賀の武士によって寝ていた家康の元へと届けられた。

「ウワッハハ」家康は士気を鼓舞するがごとく笑った。

「三成、ムフフ、その手は桑名の焼き蛤じゃ」なんと家康はここで駄洒落を放った。鰻重に山椒が欠かせないように、戦にお笑いは必要なのだ。起き抜けの武将たちに笑いが巻き起こった。

夜がしらじら明ける頃には、両陣営とも戦闘態勢は整った。いよいよ、天下分け目の時が来た。東軍は、浅野幸長、池田輝政、山内一豊、細川忠興、黒田長政らで、西軍は、大谷吉継、島津義弘、小西行長、毛利秀元、宇喜多秀家らである。

九月十五日の夜明け。昨夜来の雨のせいで、この山間地は深い霧で一帯覆われていた。五里霧中、関ヶ原霧中である。武将たちは霧のスクリーンにシルエットのように映し出されていた。霧の幕の向こう側に陣取る敵方の様子は窺い知ることができない。霧は武将たちをじらした。霧が晴れるのを待ち戦意は高揚していった。やがて陽が昇りだす。それでも見えるものは霧にぼかされた色彩のない風景だった。原野の地表は湯気のような霧が立ち込める。霧に覆われた東の空には、ちょうど一円玉のような大きさで白く丸い太陽が浮かび、その周囲は薄明るい。

そんな中、次第に霧が晴れて元の風景を取り戻してゆく様子を見て、心を静めていた家康は、号令を掛ける前に弛めていた兜の緒を締めて言った。

「かぶって兜の緒を締めよ」

教訓なのか駄洒落なのかよくわからなかった。いずれにしてもこれには誰も反応せず、一瞬の間をおいて、号令を聞く前に痺れをきらし飛び出した部隊があった。これを発端に戦いは始まった。東軍は気勢が上がっているのに対し、西軍は三成と軋轢のあった毛利や島津は動きが鈍くまとまりに欠けた。西軍は投網の網目が見るところ見るところ切れているようなもので十分な態勢でなかった。それでも合戦は一進一退だった。勝敗は誰も知る由はない。

東軍と西軍の中間位置に陣取っていたのが小早川秀秋だった。小早川は西軍の部隊だったが、家康方に加勢することを約束していた。その秀秋は局面を見て葛藤していた。秀秋は秀吉の正室北政所の甥であったが、大坂城は淀君が仕切り、北政所は事実上徳川方についていていた。秀秋も淀君となにかと折り合いがつかずにいた。秀秋にとっては、家の存続のため、家臣のため、領民のため負けるわけにはいかない。松尾山から関ヶ原を見下ろしどちらにつくか旗色を窺っていたが、いつまでも静観してはいられない。正午頃である。

「あー、どぎゃーせんかい。騙されたんかや」

小早川隊の不動の態度に家康は頬をゆがめ、腕を組み無念の気持ちを露わにしたものの、もう待ってはいられなくなった。小早川の態度のあいまいさを不審に思ったのは、西軍も同じであった。痺れをきらした両軍とも兵を小早川隊に向け始めた。こうなると待ったなしの局面である。

この時小早川隊は終盤の出番に備えて、腹ごしらえに握り飯を食っていた。もう、それどころではなくなった。すぐさま怒涛のように山を下ったのだった。向かう相手は西軍だった。これを見た待機中の東軍からどよめきが起こった。こうなると東軍の一気攻めである。この様子に西軍から寝返る者が続々と出て、もうこれで勝負はついたのも同然だった。

午後陽が傾く頃東軍は大勝していた。徳川軍が君主のため皆男を賭けて忠義を貫いたのに対し、石田軍で命がけで従臣した大名は、大谷吉継ぐらいだった。

徳川の世になると、家康は平安な世を維持するため、強固な組織体制をつくることに腐心していた。大名統制では、一族を親藩、直参を譜代、関ヶ原の戦で敵対した者は外様とすべきと考えた。外様は順次辺境に領地換えをして、役にはつけずそのかわり広い領地と高い石高を与えて不満をおさえようとした。外様の近くには、譜代大名を置くなど巧みに大名を配置し、武家諸法度で統治した。家康は栄華を手に入れた古の武将たちが、その贅沢故にもろくも崩れていったことを伝え聞いていた。日頃の鍛錬がおろそかになるから贅沢はするなと、武士たる者の心得を諸侯に申しつけていた。

家康公はもったいない運動のリーダーを担っていたのかもしれない。直線で表し難い歴史。その広漠たる歴史を縦横無尽に概観すれば、歴史のどこかで家康公が勤倹尚武を励行していた。それが彼には殊のほか喜びとなり、少年の心に抱いた夢の一半が膨らむのだった。

時は過ぎゆき維新のざわめきが聞こえ始めた幕末、トロイア遺跡を発掘したシュリーマンが江戸に滞在した時に、

「この国には平和、行き渡った満足感、豊かさ、秩序、そして世界のどの国にもましてよく耕された土地が見られる」

領事館やシュリーマンの身辺を警備する役人について、

「彼ら役人に対する最大の侮辱は、たとえ感謝の気持ちからでも、現金を贈ることであり、また彼らの方も、現金を受け取るくらいなら切腹を選ぶのである」と言ったとか。

これも家康公の築いた諸制度の賜物か。

　初詣から帰路の駅に降り立った時は、まだ夕暮れには間があり、もう一カ所ほど寄り道するには十分余裕があった。二人は学校様の敷地内にある大きな台座の上に佇む石像の孔子様の前に立っていた。

「へーここで、誓いを立てるのね。この奥が学校になっているの？」

「そう、室町だか、江戸時代だかの校舎とか寮とか庭園があるんですよ」

　彼は学校門の奥に見える建物を指さして言った。松や銀杏の枝越しに覗く寄棟造りの藁で葺かれた屋根は、ニット帽をかぶったようで暖かそうである。

　彼女は像を見上げにこにこしている。

「誓い立てていこうかしら。さっきファイト一発とか言ってたじゃない。やってみせて」

　電車の中で彼がふるったことを言ったので、彼女はここぞとばかり期待感に目を輝かせ笑みを浮かべるのだった。

「今ここで。ファイト一発。それはちょっとね」

　期待に渋ったのを横目に彼女は孔子像の傍らに立っている石碑に目をやり、刻まれて

いる文字を追った。彼女が含み笑いをしている。何か思いついた証しだ。彼女を見て彼は意味もなく笑みを返すと、

「私、孔子のお友達になったみたい」

「どうして?」

「これ」と石碑を指さした。

石碑には論語が刻まれている。

子曰く、学びて時に之れを習う、亦た悦ばしからずや。

朋有り遠方より来る、亦た楽しからずや。

人知らずしていきどおらず、亦た君子ならずや。

彼女が自分を孔子の友に準えて言ったのかと見当づけると、彼は思わず吹き出した。

「本当だ。遠くから来てるもんね」

そう思うのもご愛敬だろう。どう思って読むかは人それぞれで自由だ。共感できる師匠がいる。たとえ古の人であっても頼り甲斐のあるお方である。本当に目の前にいてくれたら、どれほどこのお方に学ぶことだろうかと、孔子像を仰いだ。孔子様は日に三度反省するという。時にはこけ、試行錯誤をしながら学んでいったのだろう。それを彼女

に言わせると「トライ　アンド　エラーね」となる。何か英語で言った方がぴんとくる。「さすが」と彼女の肩を軽く手で打った。

陽光を浴びた彼女の足下は、半夏生の葉が白く際立っているように、柔らかな物腰を乗せた白妙の足袋が映えている。ちょいと屈めた膝の仕草も色香を放っている。

学校様の周囲は石畳や松が植え込まれ、着物姿で立っているだけで情緒があった。見た目には陽の日差しも、石畳も、白壁も、入徳門も、そして彼女もみんな一緒だ。

家から電車で来ていた彼女を帰りはクルマで彼女の家まで送った。彼女の居宅は太田市近郊の町で、かつての豪邸である。実家が目と鼻の先にあり、離婚した彼女にとって、何かの時に頼るために絶好の場所なのだろう。

「ここです」たばこ屋を曲がった道沿いで目に飛び込んできたのは、漆喰の剥がれ落ちた長い塀だった。往年の豪華門構えは撤去されて、その痕跡すらない門を通り抜けると、庭はロータリー状になっていて、長々と回らされた石塀の中の壮大な豪邸が眼前に現れた。洋風石ばりの二階建てで、玄関はアーチ状、右手には大きな朽ちた土蔵もある。旧邸はさすがに外壁の手入れはなく、色あせくすみ老朽化しているが豪邸は豪邸だ。居住者なき後廃墟と化す前に彼女が関心を向けたのだ。豪邸に住む身分に憧れる分際ではないが、左うちわの身にでもなれば、一度は豪邸に住んで優雅に暮らしてみたいと思わせる。それこそ、庶民の夢のまた夢だ。

彼女にしてみれば、手に余る広さ、ほとんどの部屋が光が差すだけの空っぽな豪邸に住まざるをえなかった経緯がある。離婚という試練を乗り越えて行き着いた寓居にすぎないということは会話の中で承知していた。それにしても、年代物でぼろいかもしれないがこれほどの邸宅に住んでいるとは、女のしたたかさなのかと勘ぐりたくもなった。

今日ばかりは彼女は貴婦人扱いだ。車寄せにクルマをゆっくり滑り込むように止めセレブの奥様を無事送り届けた。運転手としてはこれでお役ご免である。古城の探検者となり冒険したい気持ちはやまやまだが、彼女の息子にいきなりばったり会うとばつが悪いというかこそばゆいだけだ。惜しむらくは内覧せずに帰宅したことである。

# 第五章　揺れる

　ある土曜日の午後だった。腹痛と下痢が始まった。下痢だから二、三回出せば終わるだろうと思っていた。しかし、それでは終わらなかった。下痢の時は脱水症状に陥りやすいので、水分をとらなければと水をとにかく飲んだ。それでも下痢症状は続きどんどん排泄されてしまう。尿としてでなくて、肛門から水様便として。夜になっても治まらず夕食どころでないとみるや、たまらずすぐに一一九番をした。一一九番で救急車を呼び出すのは初めてだったが仕方なかった。窓ガラスが結露していたので、何気なく擦ってみると隣近所の窓の明かりが雪のつぶての中に見えた。どうりで冷え冷えとしていたわけだ。この地方の冬は空っ風の日が多いが、雪はめったに降らない。初雪だった。外気はそうとう冷え込んでいた。どか雪でみるみるうちに夜色の街は銀世界に変貌し、なおもしんしんと雪は降り続く。一冬分の雪を一気に降らそうという勢いがあった。初雪を絵に描いたような夜景になった。彼は雪見日よりに腹痛と下痢を夜景のように雪で塗り替えたい気分であった。めったに見られないこの町の美白色の雪化粧、白い雪のつぶが窓ガラスに降りかかる中を、炬燵に縮こまり救急車の到着をまだか、まだかと待ち焦がれた。雪の日は帰宅時間帯だったら大渋滞だが、降り出しが夕食の時間帯になっていたので渋滞は免れたようだ。

到着した救急車に腹を手で押さえとぼとぼと自力で乗り、それから症状を聞かれた。その後直ちに救急車は出発したが、病院に向かう途中街灯がつややかな積雪を見下ろす路肩に止まった。隊員は思いがけない雪景色を鑑賞しているのか？　それどころではないだろう。この腹痛をわかってくれーと思いきや、受け入れ先を探していた。市内で一番大きな病院に連絡を入れたが、外科医が緊急手術中だということで、別の病院を探した。かかりつけの病院はないかと聞かれたので、風邪で受診したことのあった近くの病院の名を告げると、その病院に担がれることになった。

救急車はさして時間はかからず目指す病院に着いた。下痢の心当たりは、前日に庁舎の新築祝いがあり、カキを食べたことだった。そのことを訴えると、医師は頷きながら終始落ち着き払った表情で聞くのだった。処置室で検査のための採血をし、血圧、体温を測定した。そのまま入院の指示となり、病室に案内され、ドアに一番近いベッドで看護師さんが点滴キットを準備するのを待った。この頃になると下痢は治まっていたが、腹痛は相変わらずだった。

一晩経過し翌朝になってみると、ひりひりするような腹痛はわずか残っていたが、我慢できないような激痛は緩和されていた。目覚めて部屋を見渡すと、六人部屋にはもう一人一番奥のベッドに中年の男性が入院していただけだった。二人だけの飾りっけのない部屋は閑散とし無用に広く感じられた。

朝食は摂らず早々退院する予定である。同室の患者に挨拶をして帰ろうとすると中年男性は一方的に話を始めた。足を骨折していて入院も長く相当退屈しているようだった。聞くと北海道から出てきたという。漁師をしていて、北海道からこちらに出稼ぎに来て怪我をしたというが、異境の地にいて友人はいないらしい。勇壮な漁師のイメージはかけらも見えず、ほとほと滅入ったような弱々しい口調である。北海道の太平洋側でも時々大雪が降るという。雪が積もり過ぎる前に、朝、昼、夕の食のように日に何度か雪かきに勤しむという。冷えた身体を湯船でぽかぽかにするのが楽しみだと。家風呂には温泉場のような暖簾をかけ雰囲気を出しているのだという。波も高くなるし冬は漁獲量の多寡に拘わらず海に出ていられれば、それだけでも嬉しいという。また、本州のどこかの遠隔地に寄港した時の朝市やうまい店など折々の個人的文化交流の様子を、月並みな出来事のようにぼそぼそとだが話題にし、いかにも広大な海原を航海する漁師の片鱗を示していた。水平線を昇る朝日に輝く海の上を、港から港を大跨ぎし、夜空を満たす星々を頼りに航海する漁師は意外とロマンチストなのかもしれない。

そんなことを思っていると、いつかのようにきっと彼女は仰せになる、「遠くばかり見ていて私の方を見ていない」と。あの時はちょっと頬をつねられた感じがした。ちゃんと彼女の方だって見ているつもりだったのだが。「お許しなすって」と言いたかったが、当然彼女とは違うことを考えていることもある。それはたまに目の保養でもしなくては遠くを見ているだけだ。しかし本音を言えば、遠くを見ることは何かの目標であって、遠くを見たっていいじゃないかと彼は思ったのだった。

それはそうと、この漁師さんは仕事の話やらなにやら、埋め尽くせない何かを語るように見も知らぬ男に一方的に話を続けている。彼は「うん、うん」と頷きながら単に聞くだけだった。親しい友人でなければ聞けないような興味深い話だったが、北国の方言まじりの小声で聞き取りづらかった。朝食は食べずにいたので、長居はしたくなかった。話は尽きる様子がなく、ここで中座をするには気後れすらしたが、用事を理由に椅子から立ち上がった。

その足でナースステーションに立ち寄り入院費は後日納めることで了承してもらい、看護師さんから薬を受け取るとタクシーを呼び退院した。まだ少し炎症が残っているようで退院しても腸がひりひり痛む。

翌日出勤したら、やはり食中毒で何人も休んだという。それでも入院までしたのは彼一人だったようだ。食中毒といえば、事務所の食品衛生課が担当だが、足下で起こったことなので色めき立って対応しているのかと思いきや、なかったことにしてくれと堅く口封じされた。早い話仕事を増やしたくないということだ。その代わりホテルには、厳重に注意したということだった。そういうものなのかとちょっと拍子抜けしてしまった。

本来ならば今頃は、担当部署である食品衛生課と保健予防課は大わらわのはずだ。初期調査が肝心要で、迅速に喫食調査を行い、有症者が共通して食べた物を割り出し目鼻を付ける。検体から科学的に証明もしなければならないので、料理に使用された食材を回収して、検査態勢が組まれる。作業は深夜に及ぶこともある。自らの足下で起こったことを自ら調査に乗り出し、結末をつける。後でお笑い草になりかねない。事の顚末が県庁記者クラブに発表となり、小さな記事ながら地方面に載れば何か情けない。それで握り潰したということらしい。そんなわけで担当部署はじめ誰もが皆、何事もなかったように涼しい顔をしているのだ。

後で入院したことを彼女に話した時は、「私のおとうさんが入院した時も同部屋にカキにあたった人がいたけど、その人もひどい思いしたのね」とおかしそうだった。

庁舎の新築祝いで生カキを人の分まで食べ過ぎて散々な目に遭ったが、だいたいこの新庁舎竣工は紆余曲折だった。落札業者の下請けへの賃金支払いが悪く作業人員が集まらず、進捗がかなり遅れた。現場に視察に行くと、責任者は困惑した表情で納期には間に合いますの一点張りだった。最後は突貫工事だったが、一カ月以上は引き渡しが遅れた。引っ越しにはアルバイト職員の手も借り、ダンボール箱に荷物の仕分けをし、そこかしこにダンボールの山ができた。いつでも引っ越しの準備は整って新庁舎での仕事を心待ちにしていたが先延ばし状態だった。しかし、何はともあれやっと新しい建物に移転できた。机など備品類は、新調せずそのまま使っているが、なんと言っても今までの手狭さと違い、ちょっとした展示場も兼ねられるような広いエントランスやゆとりのあるオフィスは気持ちがいい。

ところで、来客者用の通路といえば、直線で三十メートルもあり、カウンターが左右に施されているが、広過ぎてかえって無機質だ。接客よりも事務的業務の多い職場で、来客者が少ない中、圧倒的に職員数が多く七十名余りいる。両脇に店が並ぶアーケード街を一人しかいない客が歩いているようなものだ。来客者はなにか心細げに入ってくるのだ。そこで、みんなで話し合った結果、職員から率先して挨拶をしようということになった。


ＯＡルームは彼にとってカフェバーのような男の隠れ家に似ていた。自分のデスクに張り付いているばかりより、ＯＡルームでの作業は気分転換になる。黙々と仕事ができるのが気に入りだ。彼はここのところＯＡルームに仕事場を移したといってもいいくらいだ。ＯＡルームで例の調査事業に取り組んでいた。

エクセルはどうにか使いこなし始めると満更でもないのだ。しかし、パソコンも思うように操作できないこともあり、パソコンに翻弄されることしばしばである。パソコンは時々自在に動き、頼んでもないのに入力中画面の一部を変えたりする。さっきは、入力中何もしないのに、入力シート上にタイルでも張り付けたように長方形エリアにアイコン群が現れた。一体どういうことなんだ。あいた口がふさがらなかった。いかれたやつだと首を捻った。よく見ると画面上部の帯状ツールバーのジョブメニュー群が長方形のエリアに変わっていたのだった。「何でこうなるの」と古巣に戻そうといろいろやってみるがやる術わからず上手くいかない。やりづらいのでとりあえず入力に邪魔にならないところへ、カーソルで掴んでドラッグした。結構細かいことでてこずる。てこずるたびに「あれ」を連発した。

彼がぶつぶつ独り言を言うのを聞いて、別のパソコンで作業をしていた石井さんがにっこり笑っている。石井さんとはＯＡルームでよく一緒になるので声を掛け合う仲になっていた。石井さんは期間限定のアルバイトで、雇用目的はパソコン入力だがお茶入れやでデスクの雑巾拭きなどかいがいしくやってくれる。無邪気に笑うところが好印象だ。常盤貴子に顔といい雰囲気といい似たところがある。聞くと看護学生で、授業は午後からなので午前中だけアルバイトに来ているのだという。管理業務が台帳からコンピューター管理に移行するために特別にアルバイトに雇われたという。

「入力って何件ぐらいあるの」

「五百ぐらいです」

「それは大変だ」

「大丈夫です。こういうの慣れていますから」

「看護学校に行く前は何かやっていたんですか」

「商工会議所の事務をやってました」

全然畑違いであるのに驚いた。

「なんで看護師になろうと」

「前からやりたいと思ってて」

「独身なんですか」

「はい」

看護学生と知って小泉にぜひ紹介しようと思って聞いたのだった。年齢までは聞けないが、三十は超えているかのように見える。歳は離れているが三十代ならば無鉄砲な話ではないと思った。

「ちょっと大きい声で言えないんだけど、友達がさぁ看護師さんと合コンしたいっていうんだけど。どうかなと思って」

ＯＡルームに二人だけの時をうかがって聞いた。

「私まだ看護師じゃないですけど」

「いいですよ。じきになるんだから。私の友達ですからだいぶ年上だけどね」

一回りは年上になってしまうような年齢差であることを最初に言っておきたかった。

「女性の方が二、三人揃えばいいんだけどね。で三十代くらいがいいかなーなんてね」

女性相手に年齢のことを話題にしたくなかったが、笑ってごまかしながら言った。

「考えておきます」

まずまずの手応えであった。考えておいてもらえばそれでありがたい。


石井さんとは毎日会っていたが、合コンは一気に進める話でもなかったので、しつこくならないよう敢えて話題にしなかった。再び合コンの話を切り出したのは一週間ほど経ってからだった。パソコン作業の手を休めて言った。

「そういえば……どう。合コンの話」

「私、学校の友達若い子しかいませんよ」

「あんまり若くちゃね……」

「私は年上は全然大丈夫です」

満更でもなさそうだ。

「どういう人なんですか」

「歳は四十半ばで、某公園事務所に勤めていて、未婚で」

「イケメンですか」

「イケメンじゃないよ。でも歳よりは若く見えるよ。お金は持ってるよ」

金のことを言ったら石井さんはとたんに黙って、またキーを打ち始めた。

ほどなくコピーしに人が入ってきたので話はこれで途切れた。また黙々とした作業が始まった。

彼は石井さんが帰る間近まで入力業務を続け、さりげなく話の続きを始めた。

「石井さん大事な任務遂行中悪いけど、連絡先教えてくれないですか」

「携帯ですか。後でいいですか。番号覚えていませんので」

「いいです。お願いです」

それから翌日。

「石井さんじゃないですか」

デスクでの仕事を一段落させ、しずしずとＯＡルームに入り、入力作業中の石井さんに少しわざとらしく呼び掛けた。

「わーぉ」

石井さんは呼び掛けに呼応するように振り向き、そっくり返るように少し大げさなリアクションを見せた。愛嬌を含んだ仕草に彼の気持ちは石井さんに近づいてゆく。

「どう、捗っている?」

「仕事のろくて」

「商工会議所で鍛えた腕があるじゃない。それはそうと、普通は病院で勤務しながら学校に行くのじゃないの」

疑問に思っていたことを聞いてみた。

「そうなんですけど、働いていた病院の給料の支払いがいつも滞ってて、学生三人いたんですけど皆辞めました。正職員の人も辞めていく人多いですよ」

「そう、経営難なのかな」

気になった病院名を聞いておいた。入院施設はあるものの小規模医療機関であるため医療監視対象外だった。それから本題に入った。

「せっかく病院で働きだしたのに残念だったね。で……連絡先は？」

「私友達少ないんです。合コンするような友達いなくて」

つかの間沈黙が続いた。彼はためらいがちに遊び心で言葉を発した。

「とりあえずさ、二人でどこか食べに行かないですか。人を集める前に、まず打ち合わせでも」

「食事ですか」ピアノの鍵盤を連打したような声が響いた。

「うん」

「奢ってくれるんですか。嬉しい」と声高に言う。他の人に聞こえるような声をここで出すなと内心思った。

「うん」と彼は一段とはばかるように低い声で言った。

「お父さん、お母さん連れていっていいですか」

「それはちょっと」

それはないよと、いつもの癖で頭をかく仕草をした。

「冗談ですよ」天真爛漫な笑顔を浮かべた。遊び心で誘ったつもりが、あべこべに男心を弄ばれてしまったのだ。

「まいったね。後で連絡先教えて」

後で後でと言っていると本当に後になってしまう。


数日後昼休みに入り庁舎の玄関先で仕事を終え帰り際の石井さんとすれちがった。

「私今日で最後なんです。ありがとうございました」

近々アルバイトが終わることは承知していたが、確定した日はわかっていなかった。ことなく今日がその日だった。

「あれ、本当。病院は決まったの」

今日で終わるということに少し驚きをもって聞いた。

「はい」

「よかったね。病院じゃ勤務大変なんでしょ」

「そうなんです。午前中勤務で、あと午後学校が終わってから病院に一度顔出さないといけないんです」

「朝は？」

「朝は八時には出勤です。午後授業に出て、授業が休み時間のようなものです。お世話になりました」

彼は、手荷物を持ち神妙な表情で会釈をして過ぎていくハーフコートを着た石井さんの背を目で見送った。結局電話番号は教えてくれなかった。飾り気のない性格や、入力の他に自然な所作でお茶入れや机拭きまでする姿。そんな姿を見るたびに、彼の中に淡い気の流れをつくった。一抹の切なさが残ったが、気だてのいい石井さんの背に「看護師ね。白衣ね」と胸の内で呟いた。たまに行くチェーン店のうどん屋に石井さんによく似た店員がいる。白い頭巾と調理員用の白衣を着た店員を見ると石井さんの白衣姿を彷彿させせられるといってはは滑稽かもしれないが、今となっては石井さんの希望の将来をただ祈るだけである。

工場跡地に移転した新庁舎の敷地は、自治体の一出先機関のものとしては不釣り合いなほど広い。持て余した土地は駐車場に広い余白を残した。もう、玄関を出て駐車場の隅のクルマへ向かう石井さんの後ろ姿は少しずつ小さくなっていくだけである。そしてクルマの中に姿を移すことになる。彼は石井さんの背中に向かって何かポーズをとったかというと何もせず、最後まで見届けることもなく自分のデスクに戻り、熱いお茶をすすった。

ツ反サーベイランス調査事業の取りまとめは大詰めまで来ている。

彼は雪対策でクルマにスタッドレスタイヤを履いていた。雪はめったに降らないが持っているものは利用しないともったいないので履いているのだ。

友人の中里から電話があった。

「スタッドレス履いているんだっけ」

「履いたよ。たぶんこのスタッドレス今年が最後かな。だいぶ使い込んでいるのでね」

「履いているなら、スキーに行かない」

「スキーはもうちょっと卒業」

「オレ今度の土曜日休みなんだよね」

「同じく休みだけど、早朝出発なんて寒いじゃない」

スキーともなれば寒さなど物ともせず、果敢に早起きしたものだが、はやそんな歳でもない。

「寒いのは冬だもの当然だがね」

「行くのなら春スキーがいいよ」

「今だよ。雪質がいいのは。スタッドレス履いているのは鈴木さんだけなんだ」

「年甲斐もなくスキーか」

「そこをなんとか」

「テニスならいいけど」

北風の強い中テニスもしたくなかったが、話をはぐらかすために言った。

「テニスよりスキーだよ」

「中里さんチェーン持っているよね。チェーンでいいんだがね」

「スタッドレスで行くのがいいんだよ。雪も十分あるし。天気も良さそうだし」

「山の天気はわからないって。日本のスキー場は飽きちゃってね」

「何言っているの。じゃ、どこならいいん?」

スキーなんてやってられないというポーズを示しているにも拘わらず、中里は今さら後に引かないぞという意気込みである。だいたいいつも中里は話がくどいのだ。行くというまで電話を切らないしつこさだ。できることなら行きたくない。彼女となら無条件に行くところだが。残念ながら彼女はスキーをしない。何かのいかがわしい勧誘電話ならともかく、友人からの誘いともなると無下に電話を切ることもできない。ＯＫと返事を出さなければそれはそれで済む話だが、この辺りで年貢の納め時としないと延々電話は続きそうでもある。

「じゃ七時に行くよ。七時でいいよね」

彼が望むペースの時間で決着を計った。スキーにしては遅めの待ち合わせ時間である。片道二時間強としても十時から滑れるから十分である。ガツガツ滑ろうという気はさらさらない。場所は片品方面にした。

「小泉も行くから。三人で」

「女の子は行かないんだね」

これは冗談である。中年おじさん三人に女の子は無理な話である。

土曜日七時、中里の家の庭に集合した。クルマ二台ぎりぎり置けるスペースがある。小泉はカップめん三人分とポットにお湯を用意してきた。これが三人の昼食になる。スキー場のレストレンには入らない。足りない分は途中コンビニでおにぎりかパンを買い足せばいい。小泉は大学時代からスキーをやっていて、どこで覚えたのか金をかけないスタイルのスキーを守り続けている。スキーの板も年季が入っているし、三人の中では腕前は一番で韋駄天ぶりを発揮する。

「ナビ頼むよ」

彼は助手席の中里に念を押した。ナビは助手席に座った者の務めである。

「50号通って桐生から大間々方面に右折して赤城の南面ルートで行こう」

「頼むよ。曲がるところ指示してくれないと、どんどん直進しなんてことになっちゃうんで。通り過ぎても戻るなんてことはしないよ」

往路、中里は自宅のブロック塀がクルマに追突されたことを話題にした。車中及び後日所轄に出向いた際の状況を口述した内容は概ね次のとおりだ。

夜中の十時近くテレビのお笑い番組を見ていた時である。通過するクルマのエンジン音もほとんどなくなり静まり返っている外で「どかん」と大きな音がした。何事かと思い外へ出てみると、前の空き地に突っ込んでいるクルマと、スピンがかかって止まった状態のクルマが路上にあった。中里の家の塀も破損していた。どうやら交差点で二台が出会い頭に衝突したらしい。空き地に突っ込んでいるのは三十歳前後の男性で、しかめっ面をしてクルマから出てきていた。身体に傷は負ってないらしい。

「大丈夫ですか」クルマから出てきたところを中里は声を掛けた。

「まいったな。あのクルマ、一時停止してないんだよ。慌ててハンドル切ったらこうなんだよ」

小さな交差点で信号はないが一時停止の標識があるので、どちらかに非があることは確かだ。フェンスは修理してもらえばいいので最初は事もなげに構えていた。横滑り状態で止まっているクルマの運転手は運転席から出てくる気配がない。かといって気を失っているようでもなく、運転席に座る姿に別状はない。ただし、エアバッグは開いていたのでかなりの衝撃だったに違いない。

「大丈夫ですか」ドアを開けて声を掛けた。運転席の男性は、五十歳ほどの気のいいおじさんという感じだ。

「ここはどこだよ。なんでこんなところにいるんだ」

「ここはどこだ」を繰り返している。ろれつが回っていない。

運転手はクルマの向きを変えようとしているが動かない。

「サスペンションが壊れてますよ」

野次馬で来ていた隣の家の息子がクルマの状態を見て言った。

「おかしいよね」運転席の男性の様子が飲酒っぽいのである。

「飲んでますよね。警察は連絡したのですか」

「いや、まだです。電話してきますね」

飲酒で事故を起こしたと知ると憤懣やるかたない。塀の修理が心配になって保険加入しているのかを聞いてみた。視線は定まっていないが即入っていると答えた。

それから五、六分で警察が到着した。警察署と交番と双方から出動してきたようだ。現場を一通りざっと見た後、現場検証をしたいとのことでパトカー内で当事者の事情聴取を始めた。見たとおりアルコールが検出された。近くの台湾料理屋で飲んでいたらしい。中里は玄関先で職務質問を受けた。被害者として名前や住所、職業、事故時の行動、当事者の様子などを聴取された。

「事故が起きた時何をされてましたか」

「音がして気づかれたのですか」

「すぐに外には出ましたか」

「それから通報するまで何分くらいですか」

「運転者はどんな様子でしたか」

被害を受けた場所に立ち写真撮影もした。もう一度、二週間後くらいに調書を取りたいので来署するよう申し渡された。何故被害者なのに警察にわざわざ行かなければならないかと愚痴をこぼした。「忙しくて行けそうもない」と言うと、「そこをなんとか」と妙に腰が低かった。

二週間後午後一時と時間指定で警察に行ってきた。どんなところかと気の進まぬままに来署の目的を告げると、入り口付近の打ち合わせ室のような部屋に案内された。部屋は安価なテーブルとホワイトボードが置いてあるだけである。警察官はパソコンで文書を作成した。既に事故当時の現場検証で文書内容は固まっているようで、答えを誘導しているかのような質問の仕方をしてくる場面もあった。中里は早く帰りたいあまり警察官の質問に「はい、そうです」とほとんど余計なことは答えなかった。すると、予定よりかなり短縮され一時間強で完了した。肝心要なのは、「事故現場で酒を飲んだ」などと、下手な言い逃れをさせないための裏付けとなる証言を取りたかったのだ。現場から酒瓶は発見されず、事故直後に現場に駆けつけ、その場で酒を飲んでいるところは目撃されていないことの証言が必要だったのだ。

というのが中里の語り種だ。どうしても警察の調書に協力してきたことを喋りたかったようだ。「警察官の丁重な物言いが意外だったよ。最近は市役所でも住民に丁寧じゃない。それと同じで警察も丁寧な対応になった」と中里の見解である。

途中コンビニで朝食と昼食用のおにぎりを購入した。陳列棚のおにぎりは残り少なかった。スキーヤーの立ち寄るコンビニはおにぎりのはけが早い。

「ところで今日は本当に女の子誘わなかったの」

「神通力がなくてさ、誘えなかったよ」

「いればおにぎりぐらい作ってきてくれたのにね」

「昔はそういうパターンだったよな」

「今はコンビニがあるから。ほっかほかでうまくていいじゃない。トイレもあるし、コンビニがあれば全て用が足りるよ」

郊外の道を通行しているが、ところどころにコンビニが点在しており、ドライブイン代わりになりありがたい。

「リフト券はどうする。回数券か、一日券か、半日券か」

「考えることはないよ。一日券でしょう」

小泉は一日券がいいという。ガッツがある。

「そんなに滑らないと思うけどね」

「そのくらい滑れるって。ナイターやっていくか。明日は日曜日だから帰り遅くてもOKだよ」とやる気十分に笑う。

「ナイターまではね。一人でやっていろって。お先に帰るから」

ナイターなんてとんでもない。寄る年波には勝てない。若かった頃は朝からナイターまで滑って転んでの好き放題だったスキーが懐かしい。

彼ら一行のクルマは山間部に入ってきた。道は九十九折りが続くようになる。道や木々の枝は雪で白く覆われ始め、スキー場へと続く道からは音ひとつ聞こえてこない。少し遅めのスキー場到着となる時間帯だけに後続車は途切れていて、白銀に囲まれた山道を彼のクルマ一台だけがひた走っている。山道を走っているというより、轍の上をなぞるようにハンドルを握っているといった方がいい。雪道のカーブでゆっくりハンドルを切ってみる。横滑りせずにカーブを曲がれた。

「古スタッドレスだけど、まだまだ滑らないね」

一応念のためチェーンも用意しておいたが必要なさそうだ。対向車と後続車が来ないのを確認して、ハンドルを左右に小刻みに切ってみた。

「おい、全然横滑りしない。グリップしているじゃない」

「何やってんの。クルマが来たって知らねぇぞ」

後部座席の中里は身体が横倒しにならないよう、グラブレールを両手でしっかり握り締めながら言った。

「いけるっ。まーだまだこのタイヤ大丈夫。ノーマルだとちょっとハンドル切るだけで一回転だよ」

そうこうしているうちにやっと駐車場が見えてきた。駐車場は七割方埋まっていた。一応場所を詰めてクルマを止め、さっそくクルマの脇でさっとジャージの上にスキーウエアーを重ね着した。スキー板の裏面全体にワックスを丹念にかけ、手袋、リフトホルダー、キャップ、ゴーグル、ストック、ポーチ、財布を持って忘れ物のないことを確認した。小泉のウエアーは昔ながらの紺色の地味なジャケットだ。買い換えせずに二十年は愛用している。最近のスキーはファッション性が重視されているが純粋に滑ることだけが楽しみといった恰好だ。一方彼は白地に鮮やかなグリーンがデザインされたコートにベージュのコットン生地のパンツをコーディネイトしたスタイルだ。動きやすいストレッチパンツが気に入っている。下手の横好きで技量はいまいちだが、一応ウエアーだけはしっかり着込んだ。

時刻が午前十時と五分になる頃、スキーヤーとしての姿になりきる。大自然の中で雪とウエアーと一体となる感覚、準備万端スキーモードに入り目指すはゲレンデである。駐車場から道路を横断すれば目の前にセンターハウスがある。ここから見上げる山頂は青空の中にある。

「一日券買ってくるよ」

小泉がまとめて買いに行った。ありがたいことだ。待っている間中里は自分のスキーグッズの説明を始めた。そもそも言い出しっぺは中里であるが、中里はのんびり滑るタイプでグッズ集めが趣味なのだ。ガッツで滑る小泉とのんびり滑る中里と何故か対象的な面白いメンバーである。とてもゲレンデで行動を共にできるとは思えない。

「もし、はぐれたら十二時にインフォメーションセンターの前で待ち合わせということで」

目の前のリフトは乗客が密集している。混乱を避けるようにロープをS字状に張って列を作り乗客を誘導している。リフトを乗り継いで一番上の頂上付近まで上った。空は晴れわたり、見下ろせば箱庭の中に作ったようなチロル風のセンターハウスが見える。

「ついてこいよな」

小泉が滑りだした。滑らかなターンを繰り返していく。スキー野郎のシュプールの後を追っていくと上手く滑っているような感覚に引き込まれ、高揚感と風を切る感覚は気持ちいい。ゲレンデは中斜面中心に設計されている。これなら斜面にてこずり途中体勢を一旦立て直ししたりせず滑降できる。コースを一気に滑り降りる爽快感を久々に味わった。

スキーに行くことを執拗にせまった中里は、途中からレストランに姿をくらました。二、三回リフトに乗ったらレストランでハーゲンダッツでも食べているに違いない。中里にとって、滑ることよりスキー場に行くことに価値があるのである。彼は中里と二人だけで来なくてよかったと思った。

時刻は正午を少しだけ回った辺り。午前中の滑りを終え、スキー板をはずした。空に雲がかかりだし、やや風が出てくる。それは心配するほどではない。

時刻がもう少し進んだ頃、中里が合流する。案の定リフトには三回乗ったきり後はレストランにいたという。

昼食は小泉の提案どおり、レストランを横目に温かいカップめんとおにぎりと缶ビールである。小泉にかかると野外で昼飯ということが多い。この日も、人目のじゃまにならないようクルマを駐車場の端に移動し、山の空気を満喫しながら雪見酒で休憩ときた。

「これなら安上がりでいいだろう」

「いいね。ガソリン代分が浮くじゃない。金をかけるばかりが能じゃない」

彼は決め台詞を言った。社会的価値とは少しばかり違うことかもしれないが、質素な生活を旨とする彼にとって冗談で言ってない。これこそが小市民のささやかな幸せというものだ。みすぼらしい欲望空間よりこれの方が合っている。一方小泉はなぜスキー代を浮かせているかといえば、仕事帰りの飲み代に充当するためだ。

「テント持ってくればよかったかな」

「テント持ってんの」

「持ってないけどさ。金出し合って買えばいいんだがね」

「こんなところでテントかい。冬山登山じゃないんだからさ。周りはクルマだらけだがな」

「晴れたからいいけどね。晴れてなかったらレストランだったんだよね」

「太陽がうらめしいね」

中里はレストラン派で、これなら晴れない方がいいのだ。

「なに言ってんだい。中里さん専用テーブルでも出すかい」

「リッチだね」

「ほらどうぞ」と手のひらを出す。

「なに、手のひらかい。おにぎり載せて」

「おにぎりもらいたいの」

冷やさずトランクに置きっぱなしのビールは幾分ぬるくなっていた。

「ビールがぬるいな」

「寒いのに冷えてる必要なんかないよ」

「熱燗になってないよ」

「熱いわけねぇだろう。あほか。冬はこのくらいが一気にのど越しで飲めるんだよ」

「冷たいと腹こわすからな」

「まぁ、でもぴりっとしてるからビールっぽいね」

天気は好天気だった。カップめんに使うポットのお湯はまだ冷めていなかった。確かに安上がりであるし、スキーの後の空腹感にまずいものがあるわけがない。スキー場での昼食としては不服はないが、ピクニック気分などと雅に弁当をひろげて浮かれるようなシチュエイションではない。駐車場の片隅で小声でこそこそと喋り、ちまちまと食べているのが現実だ。それでもスキーを楽しんでいる。小泉は金をかけずに、スキーを楽しむ。これがスキーヤーの心意気だと言いたげだった。しかし毎週のように滑っているならそれもいい。中里にしてみれば、たまさかスキー場に来た時くらいプチ贅沢をしたかったようだ。

昼食はともかく、だらだら滑るつもりが今シーズン初めての滑りでついつい身を入れ過ぎたが、昼の休憩でエンジンが止まってしまった。これで帰ってカラオケでもやって解散にしようと提案するも、今日スキーに来ることを言いだした中里は頷いてくれたが、スキー野郎の小泉には通用しなかった。遠路せっかく来たことを考えたらもうちょっとだけ滑ろうということになった。「よっこらせ」と重くなった腰を上げ、またゲレンデへと向かった。初めから半日で上がるつもりだった中里も、口をとんがらせながらもついていった。

帰り道は山を下りきるまで渋滞が続く。幹線道に入る頃には東の夜空に宵月が白い光を放っていた。日はどっぷり暮れ、地理には暗い。

連れの二人は疲れぎみにうとうととして、黙りこくっている。女の子ならそのままそっとしておいて運転するところだが、男となると黙認しがたい。助手席ならばナビ役くらい務めてもらいたいところだ。道路状況にも注意を払っていてもらいたい。であるがこの二人、帰り道は好きなように行ってくれと言わんばかりである。困りものだと思ったが、このままでどこへ向かっていようが責任は負わないことにし、同乗者に頼らずしばらく運転を続けた。

心細いままに道路標識だけを頼りに運転を続けていると、前方が煌々としてきた。街明かりにクルマは吸い込まれていく。大型郊外店の照明やネオン、往来するクルマのヘッドライトで三百六十度照らされてきた。暗闇の対向車の丸いヘッドライトだけが頼りの心細い闇が飛び散った。光が犇《ひし》めいている。どうやら前橋市街に差し掛かったようだ。現在地がわかりここまで来れば安堵だ。

「やっと帰れる」

嬉しくなって、しっかりとした口調で声を出した。助手席の中里は「桐生まで来たのか」と寝ぼけたことを言う。桐生はまだずいぶん先である。赤城山麓帯の南面を通った往路と異なり幹線道に入ったコースは少しばかり迂回するのだが、もう帰り道は東へ一時間ほどでほぼ一直線である。

# 第六章　川は流れる

時節は梅の花が咲きだす季節になっていた。まだまだ抜け出せない冬の寒色に、梅の花は春を待ちわびるように咲き始めた。北風の強い寒い日だった。彼女と近場の公園に観梅に出かけることにした。

彼女はヘアースタイルを少しいじったのだろうか。男はいちいち細かいヘアースタイルのことを話題にしないものだが、マイナーチェンジしたヘアースタイルがどうも気になった。それを話題にして女心の襞にふれてみたいと思った。それにいつか彼女のファッションセンスを褒めようと思っていた。女性のヘアースタイルの話題なんて彼にとっては馴染まないが、たどたどしく言いだした。

「うーんねえ、顔のスタイルちょっと変えた？」

しまったと思った。口をついて出てきたのは髪型でなく、顔だった。言い慣れないことを言うべきでない。

「えー、整形なんてしてないわよ」

あきれたように笑みを浮かべ返した。

「違う、違うヘアースタイルだ。ヘアースタイルといおうか、顔全体のイメージが鉄腕アトムっぽい」

こうなると笑うしかない。言い損なったのを取り消すように褒めたつもりで言った。それで真意は伝わったと思ったのだが。

「ねえ、髪の毛立ってるの？」

寝癖がついているとでも聞こえたのか、彼女は苦笑いした。

「いや立ってない。前髪の感じがなんとなく。それがよく似合っているんですよ」

「ありがとう。これから、息子の卒業式と勤務先の卒業式とか行事が入ってくるから美容室行ってきたの」

「女性は何かと手間かかりますね」

なんてことはない。ヘアースタイルを変えたのはありふれた理由だった。

観梅に訪れた公園は、市内を広く見渡せる丘陵地にあり、山肌には紅白の梅が植林されている。今まで彼女の写真を撮ったことがなかったので、今日は絶対撮るつもりでカメラを持参した。梅の木をバックに写真を互いに撮り合ったが、行き交う人にツーショットの写真を撮ってもらおうと思っている間に一回りして駐車場に戻ってしまった。

駐車場の植え込みに猫が日だまりの上でじっと動かず丸っこいポーズをとっていたのを見て写真に収めた。植え込みを照らす冬の日差しを貪り、うとうとしているようだったが、カメラを向ければ顔だけは動かしカメラ目線の写真になった。彼女は少し向こうの日だまりに寄せ植えされている花が咲くのを見て「スイセンよ」と指さした。彼は「あれ、本当だ」と目を向け言った。白い花びらをつけるスイセンの開花までここで見られるとは思わなかった。

それから、小平の里のロウバイが新聞に載っていて、それを見てみたいというので、彼女のナビで北へ向かった。クルマが走りだしてから彼女は「私、学校の勉強で地理苦手だったの」と言い訳がましく言う。方向音痴の彼女にナビを頼むこと自体所詮無理な話だったようだ。

そんなことを意に介さず運転していたのは、先だって本物のナビを装備したばかりだったからだ。ナビさえあればどんなところにも、お茶の子さいさいに行ける。普段はオーディオ操作パネルの下縁に収納しているナビを、したり顔でゆっくりと引き出し電源を入れた。ところが目的地までの案内機能を使おうと手間取っていると
「ナビって使うの難しいわよね」

と、もたもたしていることにご理解を示してくれたが、彼はそれを聞き流した。難しくてもいじくるのが好きでやっているのだ。しかし、結局その場凌ぎに基本性能だけを使った。高機能を使うと逆に設定に手間取りそうなので、それは止めた。手間取って彼女に難くせをつけられたら、せっかくナビを取り付けても格好がつかない。

クルマは緩やかな坂道を上ってゆき、山間部に入り渓谷をまたぐ橋を渡ると、幽境の地へと誘われる。春の足音を聞くのはまだ先の山中は、動物もまだ冬眠中と見えて岩場を流れる川のせせらぎだけが響く。渡良瀬川にいくつかある峡谷の一つの高津戸峡を通り過ぎた先に目的地はあった。

ロウバイは低木で、黄色い香りのいい花を咲かせているはずだが、あいにく開花の時期は過ぎていたようだ。どこを見ても見当たらない。

「ここでいいんだよね」

「そうよ」

「ちょっと遅かったかな」

「そうみたい」

「いつの新聞の話だったの」

「いつだったかしら。ロウバイって開花の期間長いのよ。まだ大丈夫と思ったけど」

「花が咲いてないと何の木だかわかんないね」

「そうね、これ桜の木かも」

「本当。じゃ今度は花見かな。団子が美味しそうだな」

「また、連れてきて」

「団子がいい？　やっぱり」

「美味しいですよね」

何の木なのかはいずれにしても、彼と彼女の感覚をよそに、ロウバイは店じまいし花暦はめくられていた。

野鳥が一羽山里に横線を描くように一直線に低空飛行し、木の枝にふわりと舞い降りた。枝から枝へ梢をジャングルジム代わりにして遊んでいる。寒さのためか、辺りは閑寂として人気はほとんどなかった。そこを歩く二人の大小の影は夕日に長く伸び寄り添っていた。まだ寒さが厳しい冬には、観光スポットの鍾乳洞も営業していない。今日は、昼から風も強く寒かったが、黄昏時になって一層身も凍えるようになっていた。彼は木が揺さぶられるように寒さに肩を揺らしながらえっさえっさと歩いた。そしてぱたっと足音を止めた。「寒いねぇ」と彼女の肩を寄せれば、寒気に閉ざされた二人にそれを凌ぐほどのぬくもりが覆うのだった。大地は立ち止まった二人の足をしっかりと受け止めていた。

寒気も及ばぬぬくもりならば、もう少しこの気分に包まれていたいと思いながらもゆっくりと帰途に就いた。

互いに惹かれ合う力は強いのに、身軽とは言えない二人だった。

彼は結果を出そうと思ったら、まごまごするだけだと思った。「あの」と結婚話を持ちかけようとするも、その後の言葉が出なかった。苦し紛れに彼女の息子がやっている剣道の話など持ち出したりして。「籠手は忘れずに着けた方がいいよね」などと肝心な話にならない。結論は次へ持ち越しだ。

彼は彼女と一緒にいるだけでよかった。彼女のことが好きなことに変わりはないが、当面このままの関係を望み、結婚に踏み切ることはあまり考えなくなっていた。結局、美味しい料理はゆっくり味わえばいいという気分なのだ。

結婚についてつっ込んだ話は避け、一向に彼女に問うこともなくいつまでこんな関係が続くのか。彼はよくても、彼女にはもどかしかった。子育てをし、離婚もし、豊富な人生経験が胸の奥にあり、彼の出方を奥ゆかしくじっくり待つといった心境に見える。媚びた態度を見せるわけではなく、逆に男を素ならせるような気の強さを見せつけることもない。そこのところのやりくりが上手いのだ。彼にすればそんなところが好きなのだが。

彼は父親も大事であり、介護が必要になるまでは水入らず一緒に住みたいと願っている。例えば彼と彼女二人とも五十代になってしまうかもしれないが、お互いの世界を尊重し合えばこのままやっていけるというのが彼の青写真である。根本的に自立した一人として、自分でできることは自分でやり彼女に甘えるのは最小限にするのがいいという理屈である。

いつの日か一緒に生活しようと言える日まで。それが内なる思いの行きつくところであった。

しかし結婚を先延ばしするようなことを言ってもめ事を起こしたくもなかった。二人は喧嘩をしたことはない。そもそも彼は一人っ子なので兄弟喧嘩をしたことがない。おやつの奪い合いや鍋物の取り合いなどしたことがない。親子でぶつかり合うこともあるが、いつもうやむやに終わる。仕事で意見の相違がある時は理詰めで応酬したことがあったが、理詰めだけで押し通すことはいいことでないことはわかっていた。喧嘩の仕方がよくわからないから、彼女ともめ事を起こしたくないのだった。

そんな彼であるが、根性ものの話が好きで、根本的に一つのことに打ち込んで中途半端に終わらせたくない方だ。テニスも下手なりにチャレンジして、小泉とよくテニス教室に足繁く通い、そこでできるまで何回も繰り返し練習したものだった。影で努力するタイプで、スポ根ぽい暑苦しいところがある。しかし、のめり込んだのは趣味の領域であり、対象が愛しさや恋しさとなると別問題だ。彼女のことについては、彼女がなんとか言ってくるまではこのまま変わらぬ風景がいいと、一歩踏み出すことはなかった。それに、駆け引きめいたことを言って適当にやり過ごすことができる性分でもなかった。

彼には無二の親友のような父がいる。実相を言えば彼の親子関係はそうゆるい関係ではなかった。実相についてはおいおい語ることになるだろう。今まで父との間に通い合う親子の情について彼女に話したことはなかった。だから彼女だってそのことを思いなすことはできない。そして彼女には小学六年の愛息子がいる。母親業は今までそしてこれからも続く。

互いの事情に深入りすることはなかった。結婚した後のことが見えない。今選択できることは、当面この状態に留まること。身の置き場を変えるべきではない。聡明な彼女なら、言わずもがなわかっているはずだと彼の期待は少なからずあった。

先だっての話だ。二人でそばを食べに行った時、彼は三色そばを注文した。彼女も「同じでいいわ」と言った。「好きなものを頼めば」と念を押すと「いいのよ」と返す。同じ食事を授かることが、夫婦で食卓を囲んでいるようで、鼻につんとくるわさびさえも甘美だった。このことで、即彼女が夫婦としての実体を望んでのことかというと、彼はそこまでは読み取ろうとしなかった。

彼は月日が過ぎるほどに以前と比べ会う頻度が減っていると思った。マンネリぎみなのを感じているが、好きなのは彼女だけであることは確かだ。しかし、敢えて結婚ということは考えなくて付き合っていいのじゃないかという思いは変わらない。待つことも時には贅沢のうちに入る。当分は古典的な恋愛感情で想い続けたいというのが彼の本当のところなのだ。だが、これは男の勝手な理屈なのかもしれない。

結婚相談所は休止状態で、再開を考えることもあるが、当然彼女のことを想うと思い止まった。

彼女は結婚して夫の実家に入った。結婚当初から彼女のことをいろいろと干渉された。嫌なことも言われ、世間体を気にする家族で、嫁いだ家の価値観を押しつけ興味を持ったことは否定された。長男は難産の末生まれ、喘息の治療で遠く離れた総合病院まで行って受診させた。夫はパチンコに熱中し子育てには協力しなかったという。大変な時に一緒でなかった。心が離れたという。離婚調停では何度も嫌になるほど裁判所に足を運んだ。そこで言いづらいことも聞かれた。時には声を大にして訴えたこともあった。相手方の元夫は本家として後継ぎの親権は手放せない。彼女も母として子どもは生き甲斐なのだ。未熟児だった長男を母親の愛情で手塩にかけ人並みの子に育てた。しかし、調停では、双方痛み分けで長男は夫に、次男は彼女が引き取ることで決着を見た。彼女とすれば兄弟を離ればなれにせず、養育料をもらってでも自分の手で育てることを切望した。人知れず大粒で、心の奥底から母としてわき出る涙が頬を伝ったこともあった。涙で沈んだ日は、ほんのひと時の慰めだけでもいいから、なによりそれが欲しかった。

言葉には表さないが、艱難を乗り越えて歩んできた。彼女の奥にある積み重ねてきたもの、それが芯の強さとなって一隅を照らしているかのようだ。彼女には護るべき子がいる。女は護るべきものがあると、強く、純粋で、そして美しい。

彼女は辛かった経験を語った時は彼女の独白になった。彼はなんと言葉を返していいか、ただ頷くだけで言葉に詰まった。同じ経験をした者でないと到底理解できないことがある。人はそれぞれに答えを探している。小市民としてちっぽけかもしれないが、流す涙を笑みに変え、甲斐のある日々にするために。彼も彼女もその一人だ。人はいろいろな経験をし、それぞれに選択をしていく。そしてお互いの今がここにある。人は一人一人が異なる人生ではなく、皆同じような人生を生きているのかもしれない。

二人は同じ場所に立っているが、出会って五カ月余りが過ぎ、彼の態度に徒に時が流れているような、もどかしさを彼女は覚えた。他のことで不満を漏らすことはなかったが、「気持ちをはっきり聞かせて」ほしいのだ。彼女が彼の気持ちを確かめたいと胸の奥で呟く時、化粧する時に一点を見つめるように吸い込むような瞳を向けるのだった。彼女は女。結婚についての現実を見つめないといけないのだ。

夕方六時頃いつもの時間に帰宅した。家の前まで来ると、いつもなら点いているはずの台所の灯りが点いてないのに気づいた。クルマをカーポートに入れながら、気に障る事態に陥っていないことを祈った。よもやまた始まったかと危惧したのだった。いつもなら父が夕食の準備のため台所仕事をしている時間である。家に入ると案の定父は座椅子にもたれぐったりと寝ている。顔は赤らみ、にやにやし挙動は緩い。なにも驚くことはない。しかし彼の気持ちは快くない。飲酒が始まったのである。めっぽう酒好きであるが、飲みだすと昼夜を問わず飲んでしまうので、家では御法度にしている。酒に飲まれ酔いつぶれてしまわなければ禁酒にはしないのだが。こうなると雲行きのあやしい日々が続くことを覚悟しなければならない。こんな状態が季節が巡るように、見上げる頭上に前線が停滞したような状態が周期的に訪れる。それなら、晴耕雨読と決め込みたいのだが、読書三昧とする時間など寸分もない。

彼は何から何までアルコールはだめだと言うつもりはなかった。酒は夜だけということでいつも約束することから始まる。

「父上、酒は夜だけにしような。男同士の誓いだ」と言っても一方的なことだった。夜だけにしようということは口を酸っぱくして言うが、馬耳東風なのだ。肝臓や脳への影響を考えたら絶対日中から酒を飲むことは許し難い。

「一人で飲むより二人で飲む方が楽しいだろう」

全て酒を取り上げるのも忍びない。彼は父譲りでアルコールにはめっぽう強いが、父が反面教師になり宴会でも酒は控えている。しかしこれを機に禁酒は解かれ二人で晩酌をするようになる。酒代はもちろん父持ちである。二リットル入りの焼酎を近くのスーパーで買ってきて、水で割って飲む。どうせ飲むなら氷を入れたロックグラスに焼酎を注ぎ、軽くグラスを回しカランコロンと氷を響かせ、ゆったりとした雰囲気で香りと酔いを味わいたいと思うが、そんな優雅な余裕はない。水割り一杯だけ飲んでほろ酔い加減になる。

「焼酎って苦味があるな。チョコをちょこっと食べるかい」

父と酒を交わす時だけ、なぜか普段ならほとんどない駄洒落が飛び出す。

「あんちゃんはユーモアがあるね」

冗談でも言ってなければやってられない状況なのだ。

親の買った酒だから遠慮なく飲める。家で親子だけだと気兼ねなく酔える。酒で今の悶々とする怒りの熱を発散させるのだった。

「父上、昼間から飲んだくれてはだめでござる」

言葉が時代劇調になってくるが、まともに説教じみたことを言いだしたら、余計息苦しくなる。

「酒飲んで威勢つけないと身体が動かないんだよ」

小さくシャックリをした。飲みだした時のいつもの決まり文句である。

「逆だよ。飲んだら眠って余計身体が動かなくなるでござる。酒の飲み方がわかっていないんでござる」

人差し指を立てながら力を込めて言った。

「まぁ、飲みなよ」と心配をよそに酌をする父の手が震えている。

情けなく思うと同時に絶対やめさせなければと思った。惨めな姿は見たくない。酔いつぶれはするが、酒乱になったり陽気に踊りだしたりしないのがまだ救いである。なくなればすぐ買ってくるのだが、彼は日中酒を飲まないよう隙をみて焼酎は半分以上流しに捨てていた。酒を止めさせるためにはもったいないなどと言っていられない。それでも一向に酒は夜だけに留まらない。

老いは誰にでもじりじりとやってくる。配偶者に先立たれ、交友関係、行動範囲も狭まり、鬱屈感が募ってくるのだろう。老後はこういった社会的変化にふさぎ込むこともあるのかもしれない。そしてこれといった趣味は持ち合わせてなく、楽しみは月一回の老人会と時々知人に誘われる健康ランドの日帰り入浴くらいだ。閑暇な日常に退屈していれば酒が恋しくもなるのも否めないか。

「酔っぱらいの熊さん、八っつぁん頭でも冷やしに行くど」

落語の熊さん、八っつぁんが口をついて出てきた。彼の顔は妨害電波を受けたアナログのテレビ画像のように歪んでいた。彼は着の身着のままサンダルをつっかけた。熊さんは言われるがままに黙って助手席に乗った。やけに素直なのだ。運転中は怒り声を我慢し代わりに顔を目一杯歪めた。時々うなり声を発し憤然たる思いを吐きでしたが、自重してスピードは抑えていた。そしてクルマを人気のない方角へと走らせた。一つの交差点を中心にファミレスなどが軒を並べる飲食店街を通り過ぎ山間を目指した。幹線道路から狭い生活道路へとハンドルを切ると対向車のヘッドライトは全くなくなった。曲がりくねった細い道をさほど行かないところに小さな空き地があった。近くにぽつりぽつり民家はあるものの外に人影は全く見えない。辺りの闇には夜空から静けさだけが降りてきている。父をそこに降ろし、クルマをさらに少し先に進めて、気づかれないように暗がりに止め、運転席から遠巻きに様子をうかがった。彼は重い気分を闇に隠し、父の動きをじっと見守った。父の影は闇に沈み込み、しょんぼりとうずくまり大きな石影のように動こうとしない。考え込んでいるように見え、周りを見定めようともしない。静まりかえった月夜、薄明かりに照らされた影には、どうしようもない哀愁が漂っている。その姿はやがてさっきまでの怒りを、老いた父への憐憫の情へと変えた。哀愁漂う影は彼のやるせなさを投影しているかのようにも思え彼は顔をしかめた。この状態でしばらくじっと見守り続けてはいたが、いくら時間が経っても動く気配がない。所在なく動きの止まった状態で、いつまでもこんなところにいることが馬鹿げに思えてきた。お互いにじっとしていて、これでは根比べである。徒に時間を費やすのは止めて、家に帰って寝た方がよっぽどいい。イグニッションキーを一段回し、クルマの時計に目をやると、ものの十分過ぎただけだった。さらに五分ほど様子を見たが、このままいても時間が過ぎるだけで埒があかない。もういい加減引き時にしたいと思い、さらにイグニッションキーを回し、闇の中にエンジン音を響かせた。発進準備をするためヘッドライトも点けた。クルマで傍によって一言帰ることだけを告げ乗せると、終始無言のまま来た道を市街地方向に折り返し、真っ直ぐ家へ戻ったのだった。

今夜は穏やかな春の宵である。ウサギの影絵がくっきりとし、いつもより月に近づいたように大きく見える。夜に沈み込むように東に横たわる低い山々の緩やかな稜線を、満月は手書きの筆運びのようにたおやかにくねらせる。今宵は、「丸い丸いまん丸い」と童謡を口ずさみたくなるような、盆のように一際大きい満月であった。見上げれば一等星が宇宙のいかほどのところからか瞬いている。しかし、夜空に煌めく星々や月の下にいるというのに、満月はゆらぎ、星明かりなど風流に鑑賞しているゆとりは全くなかった。

いろいろと手だては打ってみるが、鼬ごっこで悉く徒労に終わる。自分一人ではいかんともしがたくなる。残る手段は入院や施設入所を検討することぐらいである。彼はいくつかの老人ホームの入居案内に具体的検討を加えていた。おそらく父の性格なら入居という選択肢をとっても、本心は渋々かもしれないが首を縦に振ってくれるだろう。どうせならばと父が子どもの頃過ごした田舎のような自然環境のいいところを探した。設備を自画自賛していても、職員の人柄はどうか。職員の人柄はよくても入居者の表情はどうか。食事はうまいか。自由さの度合いはどうか。料金は安いか。できれば風呂は檜風呂がいい。いざ決めるとなったら施設へ出向き判断してゆく気概でいた。しかし、この施設入所の選択は彼にとってかなり躊躇することである。父親に寂しい思いをさせたくないし、父も自分の家で暮らすことを望んでいる。

ひと月ほどそうこうしているうちに、父の心中に何が起こったのかわからないが、昼も夜もピタッと飲酒が止まるのだった。手を拱くだけでは、泥沼にはまり抜け出せそうもないが、何かしら手だてを打つうちには、最終的には時間が解決してくれることなのか。父の中で何が起きているのかわからず、狐につままれたようであるが、いつもどおりの生活に戻ることに心底安堵するのであった。この時、ここ一カ月間は一時の通り雨にすぎなかったと思えるのだった。

酒が抜けると、元の父に戻っている。父の良いところが見えてくる。酒が手放せない状態だったにも拘わらず、食事の支度だけはしようとするのだった。親なればこその心情なのだろうか。親というものはいかなる時も子を気にかけているのかと、逆にボディーブローをくらったようだった。いつもどおりの生活に戻れば、ついつい仕事の愚痴をこぼしてもさらさらとして黙って聞いてくれる。親は子が思う以上に子のことをわかっている。泣き笑いを繰り返し知らず知らずのうちに親子の縁は深まっていく。親子ならではの他に代え難い縁である。

親とは正面から本音でぶつかり合える仲でもある。ぶつかり合ったその後、老いゆく父を労わろうとする自分に気づく。ぶつかり合うのは一過性の風邪のようなものであった。

指折り数えて母が病没して十年もの夥しい月日を父親と水入らずの生活を続け、たどたどしい父子は共同生活するうちには次第に心おきなく語り合うようになり、これほどわかり合える間柄は他にないことへのありがたさがしみじみと込み上げる。単なる形の上での父親とは違うと思うのだった。

また、老後をこつこつと生活する恭倹な姿勢に、生活の知恵や老いを直に学ぶことが多い。父とは肝胆相照らす仲となっている。父を老健施設に入所させて、離ればなれに暮らすなど考えられない。幸いにも大きな病気はしていないので生活能力はまだまだ衰えていない。彼にできることは介護予防の手助けや閑談相手となり、父との生活を少しでも長く続けたい。そして、憐憫の情に堪えながらも、飲み出したら止め処もなく飲んでしまう酒は絶ってもらうことだ。父親との共同生活は切り離せないと、決然とした思いを胸に秘めるのだった。

彼にとって、父のことは他人事ではないのは当然だ。その場限りの慰め事で終わらない。この親子の情愛をどう彼女に説明したらいいのか。どうも考えが及ばない。それでは、彼女との仲はどうなるのか。それは、彼女とのもう少し先の将来を信じ続けることで、今の関係を保ちたい。今の彼にはそれが精一杯であった。

彼女の息子はこの春中学に入学したといい、新緑の映える山腹にほんのり山桜の霞がかかる季節になっていた。ゴールデンウイークを迎えると彼は前半、友達とパソコンや大型テレビを見に電気店巡りをしたり、彼女は、彼女で子どもをつれて東京のカイロプラクターの施術を受けに行ったりしていた。そのカイロプラクターは腕が評判で、全国的に有名らしい。わずか、数分で一年間は効果があるといい、毎年この時期に行って一年分をリフレッシュしていると軽い冗談を言っていた。彼女は、健康にはかなり気を遣っている。この点は、彼も足つぼなどマッサージ系は好きだし、お互いに健康に気を遣う歳だ。

ゴールデンウイークの後半彼と彼女は、ジャズの屋外コンサート会場にいた。このジャズコンサートは、障害者施設が毎年敷地内で開催している。市内北方の山の谷間にぶどう園、醸造場があり、毎年ゴールデンウイークと秋の収穫時に祭りを開き、コンサートも行っている。今回は、坂田明の演奏が聴ける。ジャズファンなどと高言できないが、山を切り開いただけの小さな野原で有名人の演奏を聴いて、ちょっと贅沢な気分を味わおうと思った。駐車場から会場まではそう離れてなく、うねうねした坂道を上って三々五々会場へ向かう。途中に醸造機の展示場や土産物屋、屋外レストランがある。屋外レストランはランチのサンドイッチと直売のワインがうまいが、昼食は済ましてきたので素通りした。

「山本さんどうも、こんにちは」

同僚の女子職員が途中の屋台でソフトドリンクの販売をやっていた。祭りのように人が集まっていれば一人ぐらいは知り合いがいてもおかしくない。

「あら、こんにちは。鈴木さんじゃないですか。ジャズ聴きに来たんですか」

祭りの雰囲気そのもののような笑顔だ。

「まあね。山本さんはいろんなところに顔出してるね」

「ボランティアですよ」

「好きだね。こういうことが。慣れた感じだよね」

「そうですか。お二人ですか」二人連れであることに気づき、驚いたようににこにこと笑っている。

「はっ、従妹です」照れて軽いジョークのつもりで言った。

「楽しんでいってください」

「うん」照れ笑いを浮かべたが、ゆっくりとその場を離れた。

入場料どこで払うのかなと彼女に振ったら、「そこかしら」と坂道の上を指さした。見ると通行の妨げにならないように道端に机が一脚と係員が二人いて何人か受付をしている。なんだ、彼女の方がよくわかっている。

客席は、二百脚とも三百脚ともいえる折りたたみ椅子が広場に屋台と通路を残す以外余すところなく並べられ、ステージは一段高くなった土地の上に設定され、そのまま地形を活かしている。いくつかある屋台ではへらでじゅうじゅうと焼きそばをしていたり、鉄板の上でソーセージを転がしていたり、ワインが売られたりしている。広場越しにステージを望む山の斜面に日当たり良好なぶどう畑がそびえ、そこに座ったり寝転がったりしてハイキング気分で聴く人たちも多い。彼と彼女は、用意したビニールシートを広げぶどう畑の方で聴くことにした。

「そうだ、ココワインが名物だから飲む？」

もちろん冗談で言った。飲んだら帰りが飲酒運転になってしまう。

「いいわね。私買ってくる」

「ちょっと待って、帰りの運転どうするの」

彼は笑いだしながら言った。

「私が、運転して帰ります」

「ね。一人だけ飲むのじゃ悪いでしょう」

「私、下戸だから、飲まなくていいわよ」

「でも、帰りしらふでも君の運転だけはちょっと遠慮する」

昼間から酒を勧めるとはなんてこと言うのだろうと困惑したが、結局、ほんの少しだけ飲むことにした。「ジューシーなのを。ボトルじゃなくていいよ」と言って彼女に頼んだ。彼女はコンサート会場の屋台に買いに行き、両手に紙コップ半分のワインとソフトドリンクを持って戻ってきた。

「こぼさなかった」

「大丈夫よ」

「じゃ頂きますよ」とコップをかざした。

「うん、美味しい」

彼女と酌み交わすワインは、美酒だ。美味しい。たしなむ程度の量が心地よく酔いしれさせてくれる。酒の酔いに任せ女を本音で口説きたくなるのは、男の性というものだ。しかし、酔うほどの量でもないし、公衆の面前であることがそれを拒む。そんなキザな真似ができる柄でもない。そよ風と新緑に囲まれ、よく晴れわたった屋外で清々しい空気を吸い込みながらそう思った。ホールなど作らずとも、山や木が自然の音響効果を果たしている。まどろむような気分になりながら、光風に乗って流れてくる演奏に聴き入った。

それはわずかな量ながらも美酒だった。彼には。彼女はといえば従妹ですと紹介されてむっとした。彼女はアルコールを一滴も口にできない。が、ここは酒でも呷りたい気分だった。そうしたら酔いの回った彼ににじり寄り本心を探りだすのにと。できるならばそうしたいのにと思った。

なにもそこで照れ屋さんになって「従妹です」などと言い訳じみたことを彼女の前で言わなきゃいいものを。そう取り繕った時彼女は一瞬浮かぬ表情をした。気を損ねたのじゃないかと顔色からうかがえた。それでなくても、ずるずると今まで来ているのに。二人の間は、少々足踏み状態だった。帰りはファミレスに寄ってその日は別れた。彼は後で何か埋め合わせをしたいと思った。

彼女は修学旅行やなにやらと多忙という理由で、なかなか会う暇がない。なんら進展なく付き合いは続いていて、彼女は待たされるだけだった。しとしとと降り注ぐ雨に、音も立てずにフロントガラスが曇ってゆくように、閉ざされた空間で立ち往生する中、あいまいに時は過ぎてゆく。手でウインドウの露を拭うように、胸の内を訴えるべきだという気持ちはごく自然に起こった。「結構いい人なんだけど」「時々気を遣ってくれるし」「どうしようかしら」と低い声で呟き、たゆたう気持ちは大きな嘆息となった。嘆息はふわふわと夜空に消えてゆく。星の煌めく夜にほの暗く照らされたベランダに出て、物思いにふけった。

こういう時女は泣くか、自ら気持ちの整理をするかどちらかである。彼女は彼と安閑と過ごす時間を当面避けた。その分自分と向き合う時間に費やした。

彼はそのあくせくとしない態度に安心しきって、相変わらずこのままでもう少しいようと安直に考えていた。

しかし、彼女にしてみればなんらかの結論を出す潮時なのである。野外ジャズコンサートの時、二人の関係をほんの少しだけ見た他人に「従妹です」とは心中穏やかではなかった。別れたくない気持ちはやまやまであるが、行き惑う気持ちは、とにかく一度彼の気持ちを見極めたいと考えた。そして彼の出方を見るため一計を案じペンに気持ちを託した。手紙は何回も書き直したが、出すべきか迷った。

いずれにしても、彼女はようやく一歩踏み出そうとした。一歩前に出てタクトを振るのではなく、一歩踏み出した後ろ姿が女のいじらしさを訴えることになる。彼がどう出ようと、すべて受け止めるつもりだった。

一方彼は、すぐに結婚する気はなかった。扶養すべき家族を大事にして互いに自立し認め合って、当分の間このままやっていけると踏んでいた。

それぞれにそう簡単に手放せないであろう実情を携え、ここまではアクションを起こさず来ていたのだ。


彼にとって携帯はあれば便利といった程度である。彼は携帯を電話機能として使っていたので、彼と彼女はメールを打つより皆電話で連絡を取り合っていたが、最近になって一度メールのやりとりをした。それは、彼女と交わす初メールで、その挨拶のようなものだった。親権を渡した長男と頻繁にメールで交信しているためか、彼女は携帯の使い方に精通している。この時は、メロディ付きで送ってくれた。

それからしばらくして、彼女から連絡があったのは一通の封書で、中には花柄模様のすかしの便箋が入っていた。

それは〝Ｈａｐｐｙ Ｂｉｒｔｈｄａｙ〟と大きく書かれていた。バースデイカードだ。その下にも小さな文字で文章が長々と続く。続けて一気に読む勢いで読みだした。しかし、すぐに文字を追う速度は落ち、目を凝らすような黙読になった。

そこには、偶然知り合った福島の男性のことが殊更丁寧な字で切々と書き綴ってあった。プロポーズされたが結論は出していないという。これは彼女の洒落っ気な一面なのだろうか。ドラマじゃないんだよ、これはないよと思ったが憎めなかった。いつまでも続く逡巡に待ちくたびれ、彼女なりに考えた結果、あとくされないようこのような手紙にしたのだと推察できる。普通なら決別の便りだとしたら眉をひそめるところだ。でもそうならず唖然とするだけだった。彼女にはまいった。一枚上手だと思った。その時彼女は息子をたしなめるように「おばかなんだから」と深いため息をついたに違いない。

彼は読み終わると、小さな便箋をテーブルに伏せた。彼女の発したなぞ掛けのような手紙。よりによってこんな心に残る便りを送りながら、「私のことは忘れてよ」と言うのならあんまりだと肩を落とした。

それから一カ月ほど経ち、もう会うこともないだろうと漠然たる思いがあるものの、彼女の写真を未練がましくぼんやりと眺めているとある考えが過った。この写真を彼女に渡そう。もう一度会う口実にならないかと。二人で撮った写真では、今さら渡せないだろうが、別々に撮った写真がある。気後れしながらも電話をすると、淡々とした口調でだめとは言わず会う約束をしてくれた。彼女はやさしいという他なかった。彼女だってまだ手探りしているのだ。二人の足跡は消えてはいない。

梅雨はとっくに明け真夏の盛りだった。夏を待って開花した向日葵さえも、一休みしたほうがいいようなかんかん照りの昼下がりだった。彼女が何か心に期するように一人薄紅をさしたのは、つい今しがた彼女のクルマの運転席である。

カフェの窓越しのアスファルトにはさらさらとした川面のように陽炎が揺れる。彼と彼女、向き合う者同士が男として女として真摯であることを心に受け止め合っていた。しかし、そこに温度差が生じていた。それは、彼が彼女のこれからを決定づける手段を持っていないことに他ならない。

彼は撮った写真を全部見せたが、彼女を撮した写真だけを渡すつもりでいた。彼自身の写真は未練がましくて渡せなかった。彼女は写真をしげしげと見ていたが、これから言うことを考えながら見ているふうである。気持ちを集中するかのように俯きながらやおら彼女は心情を打ち明けた。一度も彼のことをマイナスに思ったことはないと。そして、偶然出会った昔の知人の福島県にいる男性のことを話した。気持ちが揺れ動いていると、人差し指をメトロノームのように振り、揺れる様子を示しながら心露わに語った。

目の前に置かれたアイスコーヒーに浮かぶ角氷の立方体はゆっくりと小さくなってゆき、やがては形をなくすのだ。彼も胸中を伝えたいと思った。「待ってくれ」と言いたかった。でも、いつまで……。それが言えない。彼の思案顔は続き、心中促されはしたが、とうとう彼女のメッセージに待ってとは言えなかった。彼女への気持ちは特別であり、到底彼女の気持ちをかき回す気は起こらず、それ故か言葉は胸中から動きだそうとせず、形にできなかった。アイスコーヒーをストローでかき混ぜる仕草をしながら、なおも、言葉として整う瞬間を探しかねていた。胸の内を打ち明ける前に見つけたかった。彼女に今何を示すことが一番いいのかを。思い余った言葉は曖昧模糊として口に出せなかった。こんな時言葉を単なる伝達手段として使いたくなかった。

今すぐには結婚に踏み切れず、このまましばらく付き合いたいとの思いは変わらなかった。そっとしておくだけではだめなのか。それは彼女のことではなく、この俺のことをと。内なる願いであった。

その後しばらくの間メールでのやりとりが続いた。デートに誘いづらい状況だったのでメールという手段に頼った。彼女と会う代わりに週末にメールを送った。毎週見るテレビ番組のように一週間置いた。いつもまず彼の方から送信していた。

今日は千葉へ出張。明日も健康まつりで仕事です。なので、今日は寄り道せずにとんぼ帰りです。せめて、本でも読みながら。仕事はどうですか。運動会シーズンにそなえて、身体鍛えていますか。

送信ボタンを押す。はたして返事は来るのか。送信後は返信が待ち遠しい。鈴虫が携帯の着信音を真似するように一定のリズムで虫の音を響かせている。メールのやりとりは彼女とだけだった。だから着信音が鳴った時の嬉しさには、待ちわびた物を手にしたわくわく感がある。

♪チャララー　ラララララララーン。

呟くように着信音のメロディが一回だけ鳴る。これは虫の音ではなく彼女からのメールだと一人の部屋で寿ぎながら、ほっかほっかのメールを手中にし、携帯を開く。

お仕事お疲れさまです。私の職場は、一人の少年のお陰で学校がてんやわんやに。今日は一日寝ていました。明日からがんばらねば。

彼女はきちんと返信してくれる。いつもこんな具合に、仕事や健康のことなどの近況報告にとどまっていたが、メモ書き程度の内容に済ませたくはなかった。日記を書くつもりで文面を考えた。彼女も同様のメールを送り返してくれた。彼は彼女の今を少しでも知りたかったのだ。都会の雑踏で彼女を捜すように、少しでも多くの情報が欲しかった。こうやってどうにか彼女との関係をつなぎ止めていたかった。

だがそれもここまで。十月、彼女からのメール。携帯を開いてみれば、もう福島の人と結婚を決めますという内容が目に飛び込んできた。そして文末には「さようなら」を括り付けた。彼はリモコンに手をやりテレビを消すと身じろぎもしなかった。携帯をカチャッと音を立てて閉じた。その音がはっきりと聞こえた。部屋が急にシーンとしたように感じた。置時計が秒を刻む音だけが聞こえる。時は確実に動いている。彼は時の流れを止めたかのように、しばし呆然と目を閉じた。それから次第に思考を取り戻してゆくのにそう長い時間はかからなかった。メールだけではなんら進展は図れなかった。ここに至っては引くか進むかであると、彼女の想いに苦しいまでに促された。留まることは事を拗らせるだけである。メールの内容にはとやかく言えず、もうこれで当然のごとく潔しとすべしと決意した。

最後に記されていた「さようなら」という言葉だけで、もう決まり手としては十分なのであった。彼女はこの短い言葉に渾身の意を込めたに違いない。だいたい男はこの言葉を聞いて初めて、余儀のない女の気持ちを察知できるのである。

恋に「もしも」は付きものだ。

♪もしもピアノが弾けたなら―　西田敏行

♪もしも私が家を建てたなら―　小坂明子

♪もしも明日が晴れならば―　わらべ

ラブソングに好んで歌われる「もしも」。

恋は、「もしも」という言葉を借りて、美しくかつはかなき定めを以って語られる。例えば、「もしも、もっと早く出会っていたらよかったのに」とか。しかし「もしも」が過去を脱却し未来に向かい、かつそこに愛情が内在するならば、それはその愛に裏打ちされた希望へと変容してゆくのだ。「もしも」たとえそれが傍からみれば荒唐無稽であっても本人に力を呼び起こす「もしも」がある。

「もしも」と彼は彼女に問うように呟いた。もしも彼女が英語教師でなかったら。もしも彼女がフランス語教師だったら。シャンソンのような展開になったのだろうかと、未練とも思える彼女への想いは続いた。セーヌ川ならぬ渡良瀬川を、そして織姫山から見渡せる渡良瀬川に架かる専ら歩行者だけが通行する橋の路上を、肩寄せ歩きながらとつとつと愛を語り合っていただろうか。もしももう一度再会という願いが叶ったならば、英語教師からフランス語教師に転身していたらいいのだがと。

彼は鍋磨きをしていた。彼女への気持ちをへたり込ませなければと懸命だった。鍋を磨けば自分も磨かれる。家のありとあらゆる鍋にくやしさをぶつけてぴかぴかにした。しかし鍋といっても自慢できるほど所有しているわけではない。それに、もともと鍋はきれいだったわけで、鍋磨きはあっけなく終わった。それから、流しの三角コーナーもブラシと古新聞で目詰まりをついでに取り除いた。また、鍋磨きだけではこと足りず、虚脱感に見舞われた心を埋めるため、仕事にも常ならず没頭した。いつもに見られない気合いの入った仕事っぷりに、同僚の小姑は「何かいいことでもあったの」と好奇な眼差しで言う。いいことがあったからでない。なんでもいいから仕事をしたいだけなのだ。

さらに一人になれば、切なさを胸に文庫本の詩集のページをめくった。こんな時にしか読まない。こんな時だからこそ読みたくなる。生きていく中で心の機微を綴ったもので、辛いことがあった時共感を送ってくれる。自分の気持ちに合ったフレーズをよすがに、自堕落にならぬよう心の整理をした。

ああ、そなた変わりなきか　ああ、慕わしさを捧げん
そなたにしても　我変わらぬことなれ
思いははかなくとも
いな、この真実を思い
そなた　いまとこしえに
ああ　そなた　そばにおれば
そなたを恋うべからずと思慕
ああ　そなたに遠くなれば
我　熱き望郷の念のごとく　そなたを恋うるを感ず

心が落ち着けば、彼女は人生に大切な何かを教えてくれたような気がする。そしてそれは年月と共に醸成されていく。

青空には退屈そうに雲が浮かぶ秋の日だった。彼は旅人のように散歩道を歩いていた。旅路の路傍に可憐な花が一輪風になびいている。草色の川原を風が吹き抜ける散歩道だった。旧市内の外れにある山川町山小路と呼ばれる家並みに挟まれ下る川を、小さくて古びた石橋の上に立ってぼんやりと眺めた。川面に降り注ぐ光は流れゆくことを止めない。そこに二羽のカルガモが二両列車のようにぴたりとついて泳いでいる。仲睦まじい光景であるが、これが夫婦であるのか、親子連れであるのか、問いを投げ掛けようとはしなかった。彼女との別れはやはり辛かった。それでも、これからも父親と二人暮らしが続くことに悔いもないのだった。

See you again Good by

いつだったか彼女が、電話を切る際に使った英語だ。初めて聞いた、彼女の本格的な英語のワンフレーズだった。Queen English だ。それはいつもの話し声にはない合唱団が歌を歌うような、明澄な声が心に響いた。美しい言葉使いは感動を与えるものだ。聞く彼の心になんと清らかな印象を与えてくれたことか。彼女の清々しいまでの声の響きに心誘われ、この言葉を静かに胸の内になぞった。

# あとがき

一時期、私にはありあまる時間がありました。この期に内に温めていたものを、文章に残したいと思い立ったことから書き始まりました。それから完成するまでは、素人が家を建てるようなもので、長い年月がかかりました。設計図から土台作り、柱を立て、屋根、配管、配線、壁、内装、そして、必要な家財道具やお気に入りの装飾を施していきます。個々に存在する原材料を一つにしていくのです。そんな作業をするように仕上げていきました。この小説で言えば、はじめは殊更恋愛物語として書き出し、結果的にそれが土台となりました。これは、五十ページほどのエッセイ風であり、すぐに書き上げました。それからが長かったです。日常生活の合間に、少しづつ書き足し、書き換えを延々と繰り返しました。心理描写、情景描写、物語の背景など、日頃見たり、聞いたり、経験を積む中で感じたことを、取り込んでいきました。これは最初から意図した書き方ではありませんでしたが、書くことで何か豊かさを得ることにもなり、このように一つの作品を書き続けました。

恋愛小説風に描こうと書き進めるうちに、毎日の何気ない暮らしの拠り所となっているのが、取りも直さず地域であるという認識を得ました。また、自分の人生観を重ねあわせて思慮する機会にもなりました。その上で本書の筋立てをロマンス仕立てにしたいと考えました。さらに、経済成長のためといって短期利益の追求ばかりが目立つ社会へのささやかなアンチテーゼとして、置き去りにされそうな日本的な概念をいとしむ気持ちを込めながら、恋の詠嘆を認めてみたものです。

最後に出版に当たり、来し方に出会った人たち、随想舎の方々、この小説の登場人物にも深く感謝申し上げます。曲がりなりにも念願の出版にたどり着けたのは、皆様のおかげでございます。

二〇一五年二月

安　平造

[著者紹介]

安　平造（やす　へいぞう）

1957年6月生まれ。
長年地方自治体で保険予防業務に携わった後、医療法人職員となる。
仕事の傍ら、まちおこしを目的とした、スイートデイズ企画を立ち上げる。


# スイート デイズ　彼女がくれた贈り物

2016年4月22日　第1刷発行

著　者●安　平造

発　行●有限会社 随 想 舎
〒320-0033　栃木県宇都宮市本町10－3 TSビル
TEL 028-616-6605　FAX 028-616-6607
振替　00360－0－36984
URL　http://www.zuisousha.co.jp/
E-Mail　info@zuisousha.co.jp

印　刷●モリモト印刷株式会社

装丁●齋藤瑞紀
定価はカバーに表示してあります／乱丁・落丁はお取りかえいたします

 ISBN978-4-88748-320-0